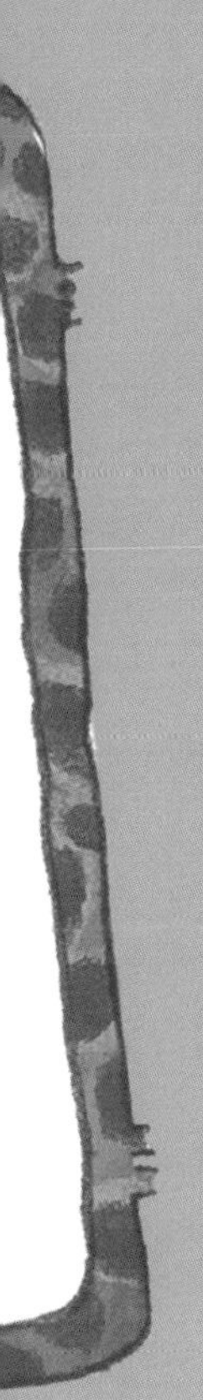

AF523863

Rüdiger Bertram

Stinktier & Co

Stunk in der Geisterbahn

Mit Illustrationen
von Thorsten Saleina

cbj

Bei diesem Buch wurden die durch das verwendete Material und die Produktion entstandenen CO_2 -Emissionen ausgeglichen, indem der cbj Verlag ein Projekt zur Aufforstung in Brasilien unterstützt. Weitere Informationen zu dem Projekt unter: www.ClimatePartner.com/14044-1912-1001.

Penguin Random House
Verlagsgruppe FSC® N001967

3. Auflage

Innenillustrationen: Thorsten Saleina
Einbandgestaltung: Geviert unter Verwendung
einer Zeichnung von Thorsten Saleina
AW · Herstellung: UK
Satz: Uhl + Massopust, Aalen
Druck: GGP Media GmbH, Pößneck
ISBN 978-3-570-17398-5
Printed in Germany

www.cbj-verlag.de

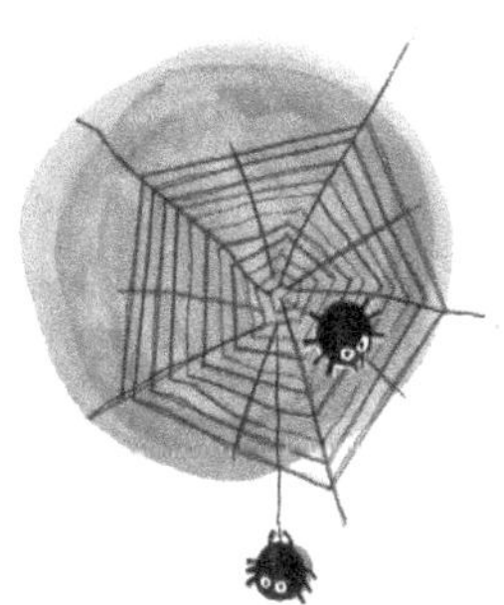

Inhalt

1. Guten Morgen, Stinktier!

Ich liege in meinem Bett und warte darauf, dass Dieter aufwacht. Er hat sich auf meiner Brust zusammengerollt und schnarcht schon seit einer Stunde so laut, dass ich nicht mehr schlafen kann.

Dabei ist heute Sonntag!

Da könnte ich ausschlafen, da muss ich ja nicht zur Schule. Aber wie soll ich schlafen, wenn Dieter lauter ist als ein Güterzug, der über eine verrostete Eisenbahnbrücke rattert.

Ich schaue auf den Wecker.

Es ist gerade mal halb sieben! Halb sieben! Am Wochenende!

Ich schließe die Augen und stelle mir vor, dass ich das mit Dieter alles nur geträumt habe. Dass es ihn gar nicht gibt und dass er einfach weg ist, wenn ich aufwache.

Aber das klappt nicht, weil Dieter ein bisschen müffelt.

Ein bisschen sehr sogar. Außerdem kitzelt mich das Fell seines buschigen Schwanzes in der Nase. So doll, dass ich kurz davor bin, laut loszuniesen.

Ich könnte ihn natürlich einfach von meiner Decke schmeißen. Ich könnte ihn mit beiden Händen packen und auf dem Boden absetzen. Dann wäre Ruhe.

Aber dann hätte er den ganzen Tag schlechte Laune, das kenne ich schon. Und wenn er schlechte Laune hat, ist er unerträglich.

Jetzt hat er sich im Schlaf auch noch gedreht und ist auf meinem Bauch weiter nach oben gerobbt. Das weiche Fell seines Rückens ist jetzt nur noch wenige Zentimeter von meiner Nase entfernt. Er riecht wirklich nicht gut, und es ist höchste Zeit, ihn mal wieder zu baden. Gleichzeitig sind seine langen Haare aber auch kuschelig, und wenn sie nicht so stinken würden, würde ich am liebsten mein Gesicht in ihnen vergraben, weil sie so schön weich und flauschig sind.

Um mich abzulenken, lausche ich, was draußen auf dem Flur und im Zimmer meiner Schwester los ist. Bei uns sind die Wände so dünn, da kann man alles hören. Aber so früh am Morgen ist nicht viel los. Eigentlich gar nichts. Kein Wunder, die schlafen ja alle noch und das würde ich auch gerne tun.

Wenn Papa im Wohnzimmer vor dem Fernseher einschläft und auf dem Sofa schnarcht, hilft es manchmal, wenn man ihm kurz die Nase zuhält. Vielleicht klappt das ja auch bei Dieter. Ich strecke meine Hand aus und fasse nach seiner Schnauze.

Tatsächlich hört das Schnarchen auf, stattdessen brummt Dieter sauer: »Lass das!«

»Aber ich kann nicht schlafen, wenn du so laut schnarchst«, erwidere ich.

»Ich schnarche nicht. Ich habe in meinem ganzen

Leben noch nicht geschnarcht und ich werde auch niemals schnarchen!«, erwidert Dieter sauer. »Merk dir das, Frolleinchen!«

»Du hast aber geschnarcht«, sage ich und merke, wie ich jetzt auch wütend werde, weil sein Schnarchen schließlich nicht zu überhören war.

»Stimmt gar nicht!«

»Stimmt wohl!«

»Bist du schon wach?« Mama hat die Tür geöffnet und streckt ihren Kopf in mein Zimmer. Verschlafen sieht sie mich an. »Ich war eben kurz im Bad, da habe ich dich reden gehört. Mit wem sprichst du da eigentlich?«

»Ich? Mit niemandem!«, antworte ich schnell.

»Schlaf noch ein bisschen, ich lege mich auch noch mal hin«, sagt Mama. »Euer Basketballspiel ist erst am Nachmittag, da hast du noch viel Zeit.«

Mama macht die Tür wieder zu, und ich höre, wie sie über den Flur zurück ins Schlafzimmer zu Papa schlurft.

»Bin ich etwa niemand?!« Dieter ist jetzt hellwach. Er ist aufgesprungen und steht auf meinem Bauch, sodass seine Nase beinahe meine berührt. »Ich bin das schönste, klügste und charmanteste Stinktier, das man sich vorstellen kann. Ich bin das Gegenteil von niemand, verstanden?!«

Spätestens jetzt ist der Moment gekommen, an dem ich

etwas erklären muss. Dieter ist ein Stinktier. Aber kein normales, also kein richtiges. Als ich zehn Jahre alt geworden bin, war er plötzlich da und saß auf meiner Bettdecke. Genau wie jetzt. Mama kann ihn nicht sehen, aber dafür mein Papa und meine Schwester Nora. Die beiden haben auch tierische Begleiter. Der von meinem Papa heißt Lasse und ist ein wunderschöner Eisbär. Meine Schwester hat ein Zebra namens Mathilde. Mein Papa hat es mir erklärt. In seiner Familie haben alle solche tierischen Begleiter und meine Schwester und ich haben das von ihm geerbt.

Für Mama sind unsere Tiere alle unsichtbar. Dieter ist nämlich nur für die zu sehen, die selber einen Begleiter haben. Deswegen kann ich auch Papas Eisbär und Noras Zebra sehen. Es gibt viel mehr von uns, als man denkt. Bevor ich zehn Jahre alt wurde, habe ich das nicht gewusst. Da konnte ich die ja auch nicht sehen. Die doofe Jessica, zu deren Clique ich früher unbedingt gehören wollte, hat ein rosa Einhorn. Das ist echt unfair, dass das eingebildetste Mädchen an der ganzen Schule das schönste Tier als Begleiter hat. Obwohl, ihr Einhorn ist auch ziemlich zickig. Da passt das schon.

Meine neuen Freunde haben auch Begleiter. Leon hat eine überdrehte Ratte, die Jasper heißt, und Anna ein Faultier namens Paula, das immer müde an ihrem Oberarm hängt. Im Vergleich zu denen habe ich mit Dieter fast noch Glück gehabt, auch wenn er oft unausstehlich sein kann. Aber dafür ist er dann im nächsten Moment wieder super süß. Manchmal zumindest.

Leon, Anna und ich haben einen eigenen Club gegründet, weil Jessica uns in ihrer Clique nicht dabeihaben wollte.

Eigentlich sollte unser Club der ›Club der doofen Tiere‹ heißen, weil Anna, Leon und ich ja ein bisschen Pech mit unseren unsichtbaren Begleitern hatten. Da muss man sich gar nichts vormachen, ein Faultier, eine Ratte und ein Stinktier sind nicht gerade der Hauptgewinn. Einhörner, Eisbären und Zebras sind viel cooler. Aber weil Jasper und Dieter nicht in einem Club sein wollten, der der ›Club der doofen Tiere‹ heißt, haben wir uns ihnen zuliebe ›Club der super Tiere‹ genannt. Und irgendwie stimmt das ja, auch wenn man es nicht auf den ersten Blick merkt.

Zu unserem Club gehört auch Kati. Sie ist meine allerbeste Freundin schon seit immer. Leider hat sie keinen tierischen Begleiter. Sie ist aber auch noch keine zehn und vielleicht kriegt sie zu ihrem Geburtstag ja auch einen. Das wäre toll. Obwohl sie noch kein Tier hat, weiß sie trotzdem von Dieter. Meine Oma hat mir zu meinem zehnten Geburtstag nämlich eine Pfeife geschenkt. Wenn man da reinbläst, können auch Menschen unsere Tiere sehen, die selbst keine Begleiter haben. Aber nur ganz kurz, dann sind sie wieder unsichtbar.

»Nimmst du das jetzt zurück?« Dieters Nase ist immer noch ganz dicht vor meiner.

»Was denn?«

»Na, dass ich ein Niemand bin.«

»Für Mama schon, die kann dich ja nicht sehen«, erkläre ich.

»Trotzdem! Du musst dich bei mir entschuldigen!«

»Entschuldigung«, sage ich leise, weil ich ihn kenne und genau weiß, dass er sonst keine Ruhe gibt.

»Das reicht aber nicht!«, erklärt Dieter. »Du musst mir Frühstück machen: zwei leicht gebräunte Scheiben Toast mit Butter und Kirschmarmelade und ein Glas Milch.«

»Sonst noch was?«, frage ich.

»Ja, ein Rührei mit Speck, aber ohne Zwiebeln.«

»Und wenn ich mich weigere?«

Dieter wirft mir einen Blick zu, der mich ganz schnell davon überzeugt, dass es besser ist, ihm das Frühstück zu bringen.

Damit ich aufstehen kann, steigt er sogar von mir herunter, um sich im nächsten Moment auf meinem Kopfkissen zusammenzurollen. Ich bin schon fast aus meinem Zimmer raus, da ruft Dieter mir hinterher. »Aber die Milch nicht zu kalt. Und dazu noch einen Orangensaft, aber ohne diese kleinen ekligen Fruchtfleischstückchen. Den musst du vorher durch ein Sieb schütten. Und vergiss nicht die leckere, selbst gemachte Kirschmarmelade von deiner Mama. Am besten bringst du gleich ein ganzes Glas davon mit. Hast du verstanden, Frolleinchen?«

Ich nicke nur und husche raus auf den Flur, bevor Dieter noch mehr Sonderwünsche einfallen. Dann renne ich schnell die Treppe runter. Doch bevor ich die letzte Stufe erreiche, laufe ich gegen eine unsichtbare Wand. Zum Glück ist die Wand weich wie rosa Zuckerwatte, sodass ich mir nicht wehtue.

Ich kann keine fünf Meter von Dieter weg, sonst knalle ich gegen diese Zuckerwattewand. Das ist bei allen Begleitern so und das hatte ich glatt vergessen. Kurz vor sieben an einem Sonntagmorgen ist eben einfach noch viel zu früh für mich. Ich drehe um, laufe zurück in mein Zimmer und schnappe mir Dieter.

»Hey, was soll das?«, motzt er.

»Wenn du Frühstück haben möchtest, musst du schon mitkommen«, sage ich.

Da sagt er nichts mehr, sondern lässt sich von mir in die Küche tragen. Ich lege ihn auf einem der Küchenstühle ab und gehe zum Kühlschrank, um dort Toast, Butter, Marmelade, Milch, O-Saft und Eier rauszuholen. Dann schnappe ich mir eine Pfanne, um für Dieter und mich Rühreier zu braten. Die sind ganz einfach zu machen, dafür muss man nur Eier verrühren, dann etwas Salz, Milch und Mineralwasser dazutun und am Ende das Ganze in eine Pfanne schütten und ab und zu mal umrühren.

»Ist gleich fertig«, rufe ich Dieter zu.

Aber der hört das gar nicht, weil er schon wieder eingeschlafen ist. Sein Schnarchen vermischt sich mit dem Brutzeln der Eier. Ich rühre noch mal um und springe dabei von einem Bein auf das andere, weil ich barfuß bin und die Fliesen vom Küchenboden so kalt sind.

»Hier riecht es aber gut!« Papa kommt in die Küche. »Der Duft hat mich geweckt. Sind die für mich?«

»Guten Morgen, Papa! Guten Morgen, Lasse!«, begrüße

ich meinen Vater und seinen Eisbären. »Nein, die sind für Dieter.«

Lasse winkt mir mit seiner Pfote zu, dann lässt er sich auf einen der Stühle fallen. Es ist ausgerechnet der, auf dem Dieter schläft. Jetzt schläft er natürlich nicht mehr. Er kriecht unter Lasses Hintern hervor und springt schnell auf den Küchenboden.

»Kannst du nicht aufpassen, du pelziges Riesenkühlkissen! Du hättest mich fast platt gedrückt mit deinem fetten Hintern!«, schimpft Dieter.

»Sag das noch mal!«, knurrt der Eisbär drohend.

»Pelziges Riesenkühlkissen mit fettem Hintern«, wiederholt Dieter. Er hat sich umgedreht und streckt Lasse seinen buschigen Schwanz entgegen. Ich weiß, was das bedeutet. Das bedeutet, dass er kurz davor ist zu zeigen, warum Stinktiere Stinktiere heißen.

»Jungs, vertragt euch«, versucht mein Vater die beiden zu beruhigen. »Das war doch keine Absicht von Lasse. Jetzt entschuldigst du dich brav und alles ist wieder gut.«

»Nie im Leben, nicht bei dem da«, brummt Lasse.

»Würde ich auch gar nicht annehmen«, erwidert Dieter und reckt seinen Schwanz drohend noch ein bisschen weiter in die Höhe. »Nicht von dem da.«

In diesem Augenblick geht an der Decke der Rauchmelder an, weil mir die Rühreier in der Pfanne angebrannt sind.

PIEP! PIEP! PIEP! PIEP! PIEP!, schrillt es durch den Raum.

Lasse und Dieter halten sich die Ohren zu, und Papa steigt schnell auf einen Stuhl, um den ohrenbetäubenden Alarm abzustellen. Kurz darauf stehen auch schon meine Mama und meine Schwester in der Küche. Der Rauchmelder hat die beiden geweckt, und da wollen sie natürlich wissen, was los ist.

»Mir sind die Rühreier angebrannt«, sage ich.

Meine Mama nickt nur müde, aber Nora merkt natürlich, dass hier ein bisschen mehr passiert ist. Im Gegensatz zu Mama kann sie Dieter und Lasse ja sehen, die sich immer noch wütend gegenüberstehen. Dieter sieht sogar noch wütender aus, weil er ja jetzt keine Rühreier mehr kriegt. Die sind so verkohlt, dass die niemand mehr essen kann.

Nicht mal ein Stinktier, und so ein verwöhntes wie Dieter schon gar nicht.

Mama fängt sofort an aufzuräumen. Das macht sie, noch bevor man das selber machen kann. Und nachher beschwert sie sich immer, dass sie alles alleine machen muss. Sie kippt die verbrannten Rühreier in den Müll und wischt auch gleich ein paar Tropfen Milch weg, die ich versehentlich verschüttet habe. Nora dreht sich um, weil sie wieder zurück in ihr Bett will. Soweit also alles normal.

Nicht normal ist, dass ich ihr Zebra nirgendwo sehe. Mathilde ist ja sonst immer in Noras Nähe. Genauso wie Dieter bei mir. Für einen Moment denke ich, dass Mathilde vielleicht weg ist. Aber das ist natürlich Blödsinn. Wie soll das gehen? Unsere Begleiter sind ja immer da. Wahrscheinlich hat sich Mathilde einfach nur den Weg nach unten gespart und wartet oben an der Treppe auf Nora, weil das Zebra weiß, dass meine Schwester so früh am Sonntagmorgen sowieso gleich wieder in ihr warmes Bett zurückkehren wird.

2. Zicke Zacke Hühnerkacke

Dieter ist immer noch sauer, als mein Vater mich durch den strömenden Regen zur Sporthalle fährt. Aber er ist auf eine gute Art sauer. Er sagt nämlich die ganze Fahrt über kein Wort. Auch nicht, als ich ihm das Fell kraule. Direkt hinter den Ohren, da, wo er es am liebsten hat. Weil Mama und Nora zu Hause geblieben sind, hat es sich Lasse auf dem Beifahrersitz bequem gemacht. Ich bin sicher, dass das ein weiterer Grund für Dieters schlechte Laune ist. Er würde bestimmt auch lieber vorne sitzen, statt bei mir hinten auf der Rückbank.

»Und? Meinst du, ihr habt gute Chancen, das Spiel heute zu gewinnen?«, fragt mein Vater.

»Weiß nicht, die andere Mannschaft ist ziemlich stark«, antworte ich, und das stimmt. Gegen die haben wir in der letzten Saison schon mal gespielt und haushoch verloren.

»Solange das Stinktier nicht mitspielt, habt ihr gute

Chancen«, mischt sich Lasse ein. »So winzig wie der ist, kommt der sowieso nicht an die Körbe ran.«

Papa lacht, ich nicht. Ich finde es gemein, wie sein Eisbär über Dieter spricht. Wahrscheinlich ist es Lasses Rache dafür, dass Dieter ihn heute Morgen in der Küche ein pelziges Riesenkühlkissen genannt hat. Unter meiner Hand, die immer noch sein weiches Fell krabbelt, kann ich spüren, wie Dieter vor Wut zu zittern anfängt. Ich drücke ihn fest an mich, um ihn ein bisschen zu beruhigen. So kurz vor unserem wichtigen Basketballspiel kann ich zusätzliche Aufregung überhaupt nicht gebrauchen. Ich bin so schon nervös genug. Das bin ich vor jedem Spiel.

Auf dem Weg zur Halle holen wir Kati ab. Sie wartet schon vor dem Haus und springt zu mir auf die Rückbank.

Ich kann Dieter gerade noch auf meinen Schoß ziehen, sonst hätte sie sich glatt auf ihn gesetzt.

»Hallo Kati! Gut in Form?«, ruft mein Vater nach hinten.

»Geht so«, antwortet Kati, dann flüstert sie mir zu. »Ist er da?«

»Klar ist er da«, antworte ich, weil ich weiß, dass sie von Dieter spricht. »Er ist immer da.«

»Ich habe mir überlegt, dass er uns den Weg zum Korb freistinken könnte«, flüstert Kati weiter. »Den sieht ja keiner, und wenn er einfach in der Halle unter dem Korb ein bisschen von seinem Parfüm verspritzt, verziehen sich unsere Gegner und wir haben freie Bahn.«

»Sehr gute Idee!«, mischt sich Dieter ein. Er hat sich aufgesetzt und hält Kati seine Pfote hin, damit sie abklatschen kann. Aber das funktioniert natürlich nicht, weil sie ihn ja nicht sehen kann.

»Gar keine gute Idee«, erwidere ich. »Wir riechen den Gestank doch auch. Oder willst du in Atemschutzmasken Basketball spielen?«

Das will Kati natürlich nicht und ich auch nicht.

»Dann beschwert euch später nicht bei mir, wenn ihr das Spiel verloren habt«, grummelt Dieter und nimmt seine Pfote wieder runter.

Lasse auf dem Vordersitz fängt an zu lachen.

»Was ist so komisch?«, fragt mein Vater.

»Ich stelle mir nur gerade vor, wie die ganze Halle geräumt werden muss, weil das dumme Stinktier versucht hat, Zora und Kati zum Sieg zu verhelfen.«

Mein Vater lacht auch und ich muss ebenfalls kichern. Dieter und Kati bleiben ernst. Dieter, weil er eingeschnappt ist, und Kati, weil sie nicht gehört hat, was Lasse gesagt hat. Aber bevor ich es ihr erklären kann, haben wir auch schon die Sporthalle erreicht.

»So, da wären wir«, verkündet mein Vater. »Ich drücke euch die Daumen.«

»Und ich euch die Krallen«, ergänzt Lasse.

»Zora und ich brauchen deine gedrückten Krallen nicht, wir gewinnen das Spiel auch so«, knurrt Dieter. »Nicht wahr, Zora?«

Ich nicke und frage mich, was Dieter mit »wir« meint.

Es ist das erste Spiel seit meinem Geburtstag, und deswegen ist es auch das erste Spiel, bei dem er dabei ist. Ich hoffe, er baut in der Halle keinen Blödsinn. Bei Dieter weiß man nie. Selbst wenn er es gut meint, kommt am Ende oft nichts Gutes dabei raus und meistens riecht es dann auch noch schlecht.

Wegen der Kindersicherung muss Papa uns die Türen aufmachen. Kati, Dieter und ich springen aus dem Wagen und laufen schnell zu den Umkleiden, weil es immer noch regnet. Lasse steigt auch aus und trottet mit Papa auf den Eingang zu, der zu den Tribünen führt.

Kati ist schon in der Halle verschwunden, aber ich schaue den beiden nach und muss grinsen, weil ich mich immer noch nicht an den Anblick gewöhnt habe. Lasse geht auf allen vieren und ist trotzdem so groß wie Papa, der in der einen Hand einen Regenschirm hält und die andere seinem Eisbären auf das weiße Fell gelegt hat. Für andere muss das so aussehen, als würde mein Vater die Luft streicheln.

»Was gibt es denn da zu grinsen?«, reißt mich Dieter aus meinen Gedanken.

»Papa und Lasse, die beiden sehen aus wie ein richtig gutes Team«, erkläre ich.

»Die beiden? Dass ich nicht lache«, entgegnet Dieter. »Wir beide sind ein gutes Team und das beweisen wir ihnen jetzt gleich beim Spiel.«

»Könntest du mir einen Gefallen tun?«, frage ich ihn.

»Klar«, erwidert mein Stinktier großzügig.

»Dann setz dich brav an die Seitenlinie und schau einfach nur zu«, bitte ich ihn. »Wir wollen nämlich fair gewinnen und nicht mithilfe eines unsichtbaren Stinktieres.«

»Das ist nun der Dank«, brummt Dieter beleidigt. »Aber

bitte, ich werde meine Unterstützung niemandem aufdrängen. Du wirst schon sehen, was du davon hast!«

»Danke!« Ich nehme Dieter auf den Arm und streiche ihm kurz über sein weiches Fell. Dann laufe ich Kati hinterher, weil das Spiel sonst noch ohne mich anfängt.

Obwohl er motzt, setze ich Dieter vor der Mädchenumkleide ab. Darin hat er nichts zu suchen. Ich nehme ihn ja auch nicht mit aufs Klo, und zum Glück ist er zu klein, um Türen allein zu öffnen.

Kati und die anderen sind schon fast fertig, deswegen ziehe ich mir schnell meine Sporthose, das Trikot und die

Hallenturnschuhe an. Dabei schaue ich mich neugierig um, ob noch andere Mädchen aus meiner Mannschaft einen unsichtbaren Begleiter haben. Es ist das erste Mal, dass wir uns sehen, seit Dieter bei mir ist. Aber scheinbar bin ich die Einzige. Ich kann jedenfalls kein weiteres Tier entdecken und draußen auf dem Flur hat auch keines gewartet. Da hockt nur Dieter und brüllt laut: »Schwing mal ein bisschen die Hufe! Hier draußen ist es stinklangweilig! Hahaha! Ist das nicht lustig? Hast du kapiert? Stinklangweilig, weil ich doch ein Stinktier bin! Haha!«

Zum Glück bin ich mit dem Umziehen schon fertig, denn auch wenn keiner von den anderen mein Stinktier hören kann, ist es mir trotzdem peinlich, wie er da draußen auf dem Gang miese Witze reißt. Meine Mannschaft und ich laufen zusammen über den Flur in die Halle. Unterwegs schnappe ich mir Dieter. Ich habe mir angewöhnt, so zu tun, als würde ich mir die Schuhe zubinden, wenn ich ihn hochnehme. Dann fällt das nicht so auf.

Als wir in die Halle kommen, sind unsere Gegnerinnen noch nicht da. Dafür ist die Zuschauertribüne bereits gut gefüllt. Zwischen den Besuchern kann ich auch Papa und Lasse entdecken. Ich winke den beiden zu und sie winken zurück. Papa deutet dabei unauffällig auf eine Frau in ei-

nem roten Kleid, die zwei Reihen vor ihm sitzt. Eigentlich deutet er nicht auf die Frau, sondern auf einen Pinguin, der neben ihr sitzt und mit seiner Flosse auf mich und Dieter zeigt. Dann flüstern die Frau und der Pinguin miteinander, um direkt danach in lautes Gelächter auszubrechen. Sie können sich gar nicht wieder beruhigen. Ich bin mir ganz sicher, dass die fremde Frau nicht zu einem der Mädchen aus meiner Mannschaft gehört. Die Mütter kenne ich ja alle. Die Frau und ihr Pinguin müssen zur gegnerischen Mannschaft gehören.

Die Mädchen aus meinem Team nutzen die Zeit bis zum Anpfiff, um sich aufzuwärmen. Kati und ein paar andere werfen Bälle auf den Korb, der Rest dreht ein paar Runden um das Spielfeld. Ich tue schon wieder so, als wenn meine Schnürsenkel aufgegangen wären und setze Dieter an der Außenlinie ab.

»Tu mir bitte den Gefallen und bleib einfach hier sitzen.«

»Ich dränge meine Hilfe niemandem auf.« Dieter dreht sich beleidigt um, sodass er gegen die Hallenwand guckt.

»Zugucken und anfeuern darfst du mich schon«, sage ich, aber Dieter starrt weiter beleidigt die Wand an.

Ich habe keine Zeit mehr, ihn aufzuheitern. Ich muss mich jetzt auch warm machen, sonst hole ich mir beim Spiel gleich eine Zerrung. Ich laufe zu Kati und werfe mir mit ihr ein paar Bälle hin und her.

Kurz darauf kommt auch schon die andere Mannschaft in die Halle. Die Mädchen sind alle viel größer als wir, aber das ist nicht das, was mir zuerst auffällt. Mir fallen zuerst die Gorillas auf, die drei der Spielerinnen begleiten. Die drei Mädchen sind offensichtlich Schwestern. Sie sehen sogar aus wie Drillinge und auch die drei Gorillas sind kaum voneinander zu unterscheiden. Als sie die Halle betreten, springen der Pinguin und die Frau in dem roten Kleid von ihren Sitzen auf und brüllen so laut sie können: »Hier kommen die Sieger, die anderen sind Verlierer!«

Den drei Mädchen ist das sichtlich peinlich und das wäre es mir auch, wenn mein Vater auf der Tribüne so rumbrüllen würde. Dann geht es auch schon fast los. Unsere Trainerin ruft uns zu sich, um mit uns die Taktik für das Spiel zu besprechen.

»Wie ihr bestimmt gemerkt habt, sind die alle größer als wir. Das können wir nur mit Geschwindigkeit ausgleichen. Das heißt, ihr müsst den Ball schnell passen und dann zügig zum Korb gehen«, erklärt sie.

Wir nicken und rufen alle gemeinsam unseren Schlachtruf: »Zicke Zacke Hühnerkacke!«

Da lachen der Pinguin und die Frau auf der Tribüne wieder. Sogar Dieter kichert und vielleicht sollten wir wirklich mal über einen neuen, cooleren Spruch nachdenken.

Weil jetzt auch der Schiedsrichter da ist, kann das Spiel beginnen. Auf der Schulter des Schiris sitzt ein Rabe. Zuerst bin ich mir nicht sicher, ob das nicht vielleicht ein echter Rabe ist. Aber weil ich die Einzige bin, die den Schiedsrichter mit großen Augen anstarrt, ist der Vogel wohl doch ein unsichtbarer Begleiter. Ich sagte ja schon, es gibt viel mehr von uns als man denkt, und so ein Rabe ist für einen Schiedsrichter ja auch ziemlich praktisch. Der kann über dem Spielfeld kreisen und sieht dann auch die Fouls, die sonst vielleicht gar nicht aufgefallen wären.

Im nächsten Moment ertönt auch schon der Anpfiff. Auf dem Feld stehen aber nicht nur die fünf Mädchen der anderen Mannschaft, sondern auch noch die drei Gorillas, und das ist nicht fair. Richtig unfair ist das.

3. Eine drohende Niederlage

Kati passt den Ball zu mir, ich gebe ihn weiter an ein anderes Mädchen aus unserer Mannschaft und die spielt ihn gleich wieder zurück an Kati. Durch das schnelle Hin- und Herwerfen ist die Abwehr unserer Gegnerinnen durcheinandergeraten. Kati steht ganz frei und kann den Ball ungehindert Richtung Korb werfen. In Weitwürfen ist sie richtig gut und normalerweise trifft sie die auch fast alle.

Aber dieses Spiel ist nicht normal. Einer der Gorillas hat sich mit seiner rechten Hand am Ring des Korbes festgeklammert und zieht mit der linken eine der drei Schwester zu sich hoch. So kann sie den Wurf von Kati locker abfangen, bevor der Ball im Korb landet. Das Mädchen spielt den Ball gleich zu einer ihrer Schwestern weiter, die ihn sofort nach vorne zur dritten Schwester passt. Die steht direkt unter unserem Korb und lässt sich von ihrem Gorilla in die Höhe heben. Da braucht sie den Ball nur noch in den Korb zu stopfen, und schon liegen wir zwei zu null hinten, weil man beim Basketball für einen Treffer ja nicht nur einen, sondern je nach Entfernung gleich zwei Punkte oder sogar drei Punkte kriegt.

»Betrug!«, brüllt Papa, und Lasse schreit: »Das ist unfair, schmeißt die Gorillas vom Platz!«

Die Frau in dem roten Kleid dreht sich zu meinem Papa um und ruft: »Was sind Sie denn für ein schlechter Verlierer!« Und ihr Pinguin brüllt: »Ruhe auf den billigen Plät-

zen! Und das gilt auch für den weißen Bettvorleger mit dem Schmuddelfell.«

Der Pinguin hält die Flosse hoch und die Mutter von den Drillingen schlägt lachend ein. Papa kann Lasse kaum zurückhalten. Papas Eisbär ist so wütend, dass er kurz davor ist, über die Sitze zu klettern und sich auf den Pinguin zu stürzen. Pinguine und Eisbären scheinen sich nicht besonders zu verstehen, und da ist es nur gut, dass die sich in der Natur nie begegnen, weil die Eisbären ja am Nord- und die Pinguine am Südpol leben.

Ich gehe zum Schiedsrichter und seinem Raben, um mich bei den beiden zu beschweren.

»Der Korb zählt nicht«, rufe ich empört. »Sie haben doch gesehen, was da gerade passiert ist.«

»Das habe ich gesehen, das hast du gesehen und noch ein paar andere hier in der Halle«, erklärt der Schiedsrichter seelenruhig, dann flüstert er mir zu. »Alle anderen, und das ist die überwältigende Mehrheit, haben das nicht gesehen. Soll ich denen etwa sagen: Tut mir leid, der Korb zählt nicht, weil hier drei Gorillas auf dem Spielfeld herumtollen?«

»Aber …«

»Lass dir doch auch von deinem Stinktier helfen.« Der Rabe des Schiedsrichters deutet mit seinem Flügel auf Dieter, der immer noch beleidigt die Wand anstarrt, obwohl ich ziemlich sicher bin, dass er das nur dann tut, wenn ich gerade in seine Richtung schaue.

»Lieber nicht«, erwidere ich.

»Dann kann ich dir auch nicht helfen«, sagt der Schiri, und ich trabe zurück zu Kati, die sich nicht erklären kann, was da gerade passiert ist.

»Wie haben die das gemacht?« Kati guckt mich erstaunt an. Sie versteht nicht, wie das Mädchen es geschafft hat, so hoch zu springen, dass sie ihren Wurf abblocken konnte. »Und der Sprung, mit dem ihre Schwester den Ball in unserem Korb versenkt hat! Das war unglaublich.«

»Ich erkläre es dir später«, erwidere ich. »Jetzt lass uns weiterspielen und hoffen, dass wir nicht allzu hoch verlieren.«

Doch das mit dem Nicht-allzu-hoch-Verlieren klappt nicht so besonders gut. Egal, was wir machen, immer ist eine der drei Schwestern zur Stelle und schnappt uns mit Hilfe ihres Gorillas den Ball weg. Einmal gelingt es mir, alleine auf den gegnerischen Korb zuzulaufen. Kati wirft mir einen weiten Pass zu, den sogar die Drillinge nicht abfangen können. Aber genau in dem Augenblick, als ich den Ball fangen will, renne ich gegen die Zuckerwattemauer, weil Dieter immer noch an der Mittellinie hockt, statt am Rand mitzulaufen. Das muss ziemlich komisch aussehen, wie ich da mitten im Lauf plötzlich stehen bleibe, als wäre ich gegen eine durchsichtige Glastür gerannt. Die Frau in dem roten Kleid und ihr Pinguin lachen sich auf der Tribüne halb tot, und Papa muss Lasse mit beiden Händen festhalten, damit sich sein Eisbär nicht doch noch auf den Pinguin stürzt.

Zur Halbzeit liegen wir vierzig zu null hinten. Auf dem Weg in die Kabine höre ich, wie sich Papa auf der Tribüne laut mit der Frau im roten Kleid streitet. Das ist ja oft so bei den Spielen, dass sich die Eltern auf den Zuschauerrängen öfter in die Haare kriegen als die Spielerinnen auf dem Platz, und da bin ich heilfroh, dass die Mutter der Drillinge nur einen Pinguin als Begleiter hat und keinen Löwen oder ein Krokodil. Sonst würde ich mir jetzt ehrlich Sorgen um Lasse und meinen Papa machen.

»Okay, das ist wohl nicht unser Tag heute«, versucht uns unsere Trainerin in der Umkleide zu trösten. »Diese drei Schwestern sind einfach unglaublich stark, die sind kaum zu stoppen.«

»Die haben ja auch Gorillas«, rutscht es mir raus, weil es einfach so unfair ist, dass ich mich kaum beruhigen kann.

»So gut sind die drei auch wieder nicht, dass die Leibwächter bräuchten«, sagt unsere Trainerin und lächelt.

»Vielleicht später mal, wenn sie groß sind und in den USA viel Geld mit Basketball verdienen. Aber jetzt doch noch nicht, Zora.«

Kati ist die Einzige, die verstanden hat, dass ich mit den Gorillas keine Bodyguards, sondern richtige Gorillas meinte.

»Wie viele sind es denn?«, fragt sie leise, als wir die Kabine verlassen, um wieder zurück in die Halle zu laufen.

»Drei«, erkläre ich meiner besten Freundin. »Gegen die haben wir keine Chance. Es sei denn ... vielleicht war deine Idee ja doch nicht so schlecht.«

Mein Blick fällt auf Dieter, der schmollend vor der Umkleide auf mich wartet. Genau an der Stelle, an der ich ihn nach dem Halbzeitpfiff abgesetzt habe.

»Was denn für eine Idee?«, will Kati wissen.

»Die, die du vorhin im Auto hattest.« Ich nehme Dieter auf den Arm und kraule ihn sanft hinter den Ohren.

»Du bist doch auch dafür, dass es fair zugeht, oder?«, frage ich ihn.

»Natürlich, aber warum fragst du?«, erkundigt er sich misstrauisch.

»Weil es hier überhaupt nicht fair zugeht«, erkläre ich. »Wir werden haushoch gegen die drei Gorillas verlieren, es sei denn ...«

»Es sei denn was?«, fragt Dieter zurück, obwohl ich mir ziemlich sicher bin, dass er genau weiß, was ich meine.

»Es sei denn, du würdest unter unserem Korb eine übel riechende Schutzwolke absetzen. So, dass sich da keiner mehr hintraut und die Gorillas keine Punkte mehr gegen uns machen können.«

»Aber das wäre doch auch nicht fair, oder?«, antwortet Dieter, aber an seinem Tonfall kann ich erkennen, dass er die Idee gar nicht so schlecht findet.

»Wenn es auf beiden Seiten unfair zugeht, ist es am Ende wieder fair für alle«, erkläre ich. »Das ist so wie beim Rechnen, da gibt Minus mal Minus ja auch Plus.«

»Und warum sollte ich das tun?« Dieter spielt immer noch die beleidigte Leberwurst, und ich überlege, ob ich ihm als Gegenleistung etwas zu essen anbieten soll. Das funktioniert eigentlich immer, aber dann habe ich eine bessere Idee.

»Na vielleicht, weil einer der Gorillas gesagt hat, dass du aussiehst wie ein schwarzweißer Wischmopp und dass der Hausmeister mit dir wahrscheinlich nach dem Spiel die Halle putzt«, schwindele ich.

»Wer von denen hat das gesagt?« Dieter ist so wütend, dass sich seine Nackenhaare aufstellen.

»Keine Ahnung, die drei sehen doch alle gleich aus. Genau wie die drei Mädchen.« Und das zumindest ist nicht geschwindelt, weil die sich ja wirklich alle ähneln und die drei Gorillas auch keine Rückennummern haben, mit denen man sie auseinanderhalten könnte.

»Die können was erleben!« Dieter springt von meinem Arm und rennt voraus in die Halle, wo unsere Gegner schon auf uns warten. Dieter will sich direkt auf die drei Gorillas stürzen, stoppt dann aber, als er merkt, wie groß und stark die drei Riesenaffen sind. Er dreht schnell um und macht es sich unter einem der Körbe bequem.

»Unter den anderen Korb«, rufe ich ihm zu. »Wir wechseln nach der Pause die Seiten.«

Dieter steht auf und läuft auf die andere Seite der Halle. Die Drillinge und ihre Gorillas lachen

sich halb tot, und alle anderen sehen mich an, als wäre ich verrückt geworden, weil ich scheinbar völlig sinnlos in die Sporthalle schreie und dabei hin und her renne, weil ich mich ja nicht mehr als fünf Meter von Dieter entfernen kann.

Dann pfeift der Schiedsrichter auch schon die zweite Halbzeit an, und sein Rabe flattert wieder in die Höhe, um das Spiel aus der Luft zu überwachen. Es geht genauso weiter, wie es vor der Pause aufgehört hat. Papa und die Frau im roten Mantel streiten sich auf der Tribüne und wir verlieren den Ball an die Drillinge und ihre Gorillas. Die sechs stürmen zusammen auf unseren Korb los, unter dem Dieter ganz alleine hockt, weil Kati, meine Mitspielerinnen und ich nicht schnell genug hinterherkommen. Einer der Gorillas hebt gerade eine der Schwestern hoch, damit sie den Ball von oben in den Korb stopfen kann, als ich plötzlich ein Zischen höre. Ich kenne das Geräusch. Es klingt, als würde jemand auf eine Sprühdose drücken. Kurz darauf lässt der Gorilla das Mädchen fallen, weil er beide Hände braucht, um sich die Nase zuzuhalten. Der Gestank breitet sich sofort in der ganzen Halle aus. Der Einzige, den das kein bisschen zu stören scheint, ist Dieter.

Der hockt zufrieden grinsend unter dem Korb und schaut zu, wie alle schnell in die andere Ecke der Halle rennen, dorthin, wo es etwas weniger stinkt.

»Betrug!«, brüllt die Frau mit dem roten Kleid, und der Pinguin ergänzt genauso laut: »Schiebung!«

Die Drillinge laufen mit ihren Gorillas zum Schiedsrichter, um sich bei ihm über Dieter zu beschweren. Aber der sagt ihnen dasselbe, was er mir schon geantwortet hat, als ich mich bei ihm beklagt hatte. Es klingt diesmal nur viel komischer, weil er sich dabei mit den Fingern die Nase zuhält.

Die Besucher auf der Tribüne flüchten aus der Halle, weil der Gestank jetzt kaum noch zu ertragen ist. Auch Papa, Lasse, die Frau im roten Kleid und ihr Pinguin rennen zu den Ausgängen. Weil ihm das Gedränge da zu lange dauert, reißt Papa eine der Notausgangstüren auf. Sofort schrillt ein lauter Alarm los. Der ist noch viel lauter als der Rauchmelder heute Morgen und auch nicht so leicht abzuschalten. Kurz darauf sind in der Ferne die Sirenen der Feuerwehrautos zu hören.

Nur mit Mühe gelingt es dem Schiedsrichter, genug Luft zu holen, um kräftig in seine Pfeife zu pusten.

»Das Spiel wird abgebrochen!«, ruft er, so laut er kann.

»Dann haben wir gewonnen?«, wollen die Drillinge wissen.

»Nein, das Spiel wird um eine Woche verschoben«, erklärt der Schiri. »Und dann will ich nur noch Spielerinnen

auf dem Feld sehen und niemand anderen sonst. Haben wir uns verstanden?!«

Dabei sieht erst mich und dann die Schwestern streng an. Aber nicht lange, weil er den Gestank in der Halle auch nicht mehr aushält. Er rennt nach draußen und alle Spielerinnen laufen hinterher. Das heißt alle, außer mir. Weil Dieter immer noch unter dem Korb hockt, komme ich nicht aus der Halle raus. Ich renne schnell zu ihm und nehme ihn hoch.

»Na, wie habe ich das gemacht?«, fragt er mich stolz.

»Ein bisschen weniger hätte es auch getan«, erwidere ich und beeile mich, endlich aus der stinkenden Halle zu fliehen.

4. Schlechte Stimmung

Als ich nach dem Umziehen mit Dieter auf den Parkplatz komme, hat der Regen fast aufgehört und die Sonne scheint. Kati ist in der Umkleide geblieben, weil sie von ihrer Mama abgeholt wird. Die müssen nachher noch zu einer Familienfeier oder so.

»Sieht das nicht schön aus?« Ich zeige auf den bunten Regenbogen, der sich am Himmel gebildet hat. Direkt darunter parken die zwei Feuerwehrautos, die wegen des Alarms angerückt sind.

»Geht so«, brummt Dieter. »Weißt du eigentlich, wie so ein Regenbogen entsteht?«

»Das hat irgendwas mit der Brechung der Sonnenstrahlen in den Regentropfen zu tun«, antworte ich, weil wir das mal in Physik hatten. Aber so richtig verstanden habe ich das damals nicht.

»So ein Blödsinn«, sagt Dieter und lacht. Nach der gelungenen Stinkattacke ist er wieder gut gelaunt, und so gefällt er mir viel besser, als wenn er die beleidigte Leberwurst spielt. »Der Regenbogen kommt von der Alien-Pisse. Immer wenn da oben ein Außerirdischer in seinem Raumschiff pinkeln muss und Tropfen davon auf die Erde fallen, entsteht ein Regenbogen.«

Das ist natürlich totaler Quatsch. Aber es ist lustiger Quatsch und deswegen muss ich lachen.

»Glaubst du mir etwa nicht, Frolleinchen?«, fragt Dieter.

»Außerirdische gibt es doch gar nicht«, erwidere ich, weil ich nicht an kleine grüne Marsmännchen glaube.

»Na klar gibt es die«, sagt Dieter und zeigt auf die Feuerwehrleute. »Da vorne stehen doch welche.«

Die Männer tragen Atemschutzmasken auf den Köpfen und sehen damit tatsächlich ein bisschen aus wie Aliens, da hat Dieter schon recht. Wenn schon kein Feuer zu löschen ist, wollen sie wahrscheinlich wenigstens herausfinden, was die Ursache für den plötzlichen Gestank in der Halle war.

Die wissen ja nicht, dass die Ursache bei mir auf dem Arm hockt und dafür ausgiebig gelobt werden will.

»War ich super oder war ich super, Freunde des Ballsports?«, fragt Dieter, als wir Papa und seinen Eisbären erreichen. Sie stehen vor unserem Wagen und warten dort auf uns.

»Gar nicht mal so übel«, muss Lasse zugeben, dann lacht er laut los. »Die Gorillas sind ganz grün im Gesicht geworden. Die sahen aus wie drei unreife Bananen.«

»Immerhin habt ihr jetzt die Chance auf ein faires Rückspiel.« Papa beugt sich zu Dieter herunter und riecht vorsichtig an seinem Fell.

»Stimmt irgendwas nicht mit mir?«, fragt Dieter.

»Einiges, aber darum geht es jetzt nicht. Ich will einfach nur sichergehen, dass du nicht mehr so schrecklich müffelst.« Papa richtet sich wieder auf. »Aber es geht. Ansonsten hättest du mit Zora zu Fuß nach Hause gehen können. Ich habe keine Lust, dass du mir den Wagen voll stänkerst. Und jetzt steigt schon ein, damit wir hier wegkommen.«

Papa hat es sichtlich eilig, von dem Parkplatz zu verschwinden. Ich glaube, er hat Angst, dass die Feuerwehrleute rauskriegen, wer den Notausgang geöffnet und damit den Feueralarm ausgelöst hat.

In dem Augenblick fährt ein roter Kleinbus an uns vorbei. Mit dem linken Vorderrad saust der Wagen durch eine der vielen Pfützen, die sich nach dem Regen auf dem Parkplatz gebildet haben. Das Wasser spritzt so hoch, dass wir alle nass werden. Am Steuer sitzt die Frau in dem roten Kleid und aus dem Rückfenster winken uns schadenfroh der Pinguin, die Drillinge und ihre drei Gorillas zu.

»Rache ist Blutwurst«, brummt Dieter und schüttelt sein nasses Fell. So wie Hunde das machen, wenn sie nass geworden sind. Die Tropfen fliegen durch die Luft und dabei gibt es in den Sonnenstrahlen einen Mini-Regenbogen. Das sieht schön aus. Nicht so schön ist, dass Papa, Lasse und ich danach noch nässer sind als vorher.

Als wir zu Hause ankommen, will Mama gar nicht wissen, ob wir das Spiel gewonnen oder verloren haben. Sie ist furchtbar aufgeregt, weil sich meine Schwester in ihrem Zimmer eingeschlossen hat.

»Ich habe keine Ahnung, was mit ihr los ist«, sagt Mama. »Nora heult schon den ganzen Vormittag, aber sie will nicht mit mir reden, sondern nur mit dir.«

Dabei schaut sie Papa an und sieht ganz traurig aus. Ich habe den Verdacht, dass irgendwas mit Mathilde ist. Mama weiß ja nichts von unseren Begleitern, weil Papa sich nie getraut hat, ihr von Lasse zu erzählen. Was sollte es sonst sein, worüber Nora nur mit Papa reden möchte. Über alles andere könnte sie ja auch mit Mama sprechen. Zum Beispiel über Louis, das ist der Junge in den meine Schwester heimlich verknallt ist, was ich überhaupt nicht verstehen kann. Ich finde den ziemlich doof – so wie alle Jungen. Da gibt es überhaupt nur drei Ausnahmen:

1) meinen Papa,
2) meinen Deutschlehrer Herrn Schwarm und
3) Leon, das ist der Junge mit der Ratte, der auch zu unserem Club gehört und von dem ich schon erzählt habe.

Dass Nora Liebeskummer hat, glaube ich nicht. Damit würde sie sich eher bei Mama ausheulen. Also hat es bestimmt doch etwas mit Mathilde zu tun.

Papa läuft die Treppe zu Nora rauf und ich renne hinterher, weil ich wissen will, was das Zebra angestellt hat und warum Nora so traurig ist. Mama will mich zurückhalten, aber ich kann ihr entwischen und rase mit Dieter die Stufen hoch. Dieter ist so neugierig, dass er nicht mal darauf besteht, getragen zu werden.

Als ich vor Noras Tür ankomme, sitzt Papa schon auf dem Bett meiner Schwester und versucht sie zu trösten. Ich sehe mich in ihrem Zimmer um, kann Mathilde aber nirgendwo entdecken. Da erinnere ich mich plötzlich an heute Morgen. Da habe ich das Zebra ja auch schon nicht gesehen. Bevor ich fragen kann, packt Mama mich von hinten an der Schulter und zieht mich aus dem Zimmer raus, damit sich Papa und Nora in Ruhe unterhalten können.

»Du gehst besser in dein Zimmer«, sagt Mama. »Oder noch besser, du gehst duschen. Nach dem Spiel bist du bestimmt ganz verschwitzt und irgendwie müffelt es hier auch ein wenig. Wie lief es überhaupt? Habt ihr gewonnen?«

»Das Spiel wurde verschoben«, antworte ich. »Es gab einen Feuerwehreinsatz in der Halle.«

»Hat es gebrannt?«, fragt meine Mutter besorgt, während sie gleichzeitig von außen die Tür zu Noras Zimmer schließt.

Ich tue so, als würde ich stolpern, packe Dieters buschigen Schwanz und ziehe das Stinktier schnell aus dem Zimmer meiner Schwester in den Flur. Dann ist die Tür auch schon zu und Dieter schreit: »Aua! Sag mal, spinnst du? Das tat weh!«

»So was Ähnliches«, antworte ich meiner Mutter ausweichend. Dieter antworte ich nicht. Ich ziehe ihn einfach hinter mir her ins Bad, denn mit dem Müffeln hat Mama schon recht. Aber das bin nicht ich.

»Wenn du mich in Noras Zimmer gelassen hättest, wüssten wir jetzt, was los ist«, sagt Dieter, während ich Wasser in die Wanne laufen lasse.

»Das erfahren wir auch so noch früh genug«, erwidere ich und prüfe mit der Hand die Wassertemperatur. Es ist genau richtig, nicht zu warm und nicht zu kalt.

»Für wen lässt du eigentlich das Wasser ein?« Dieter läuft rückwärts, bis er mit seinem Hintern gegen die Tür stößt.

»Verschwinden Begleiter eigentlich auch wieder?«, frage ich, um ihn abzulenken und weil ich das wirklich wissen möchte.

»Wie meinst du das?«

»Na, ob sie eines Tages genauso plötzlich wieder weg sind, wie sie gekommen sind«, erkläre ich ihm.

»Habe ich noch nie gehört«, sagt Dieter.

»Aber wo ist dann Mathilde? Ich habe sie in Noras Zimmer nicht gesehen und draußen auf dem Flur war sie auch nicht.«

»Stimmt, jetzt, wo du es sagst.« Dieter zieht die Stirn kraus, so als würde er angestrengt nachdenken. »Egal, mich würde es nicht stören, wenn dieser laufende Zebrastreifen weg wäre.«

Er und Mathilde können sich nicht leiden und streiten sich ständig. Aber das tun Nora und ich ja auch und trotzdem mögen wir uns. Irgendwie.

»Wäre doch toll, wenn auch diese drei Basketball-Gorillas plötzlich verschwinden würden«, schwärmt Dieter. »Oder der vorlaute Eisbär von deinem Papa und natürlich Jessicas eingebildetes Einhorn und …«

Dieter redet sich vor Begeisterung richtig in Rage. Das

lenkt ihn so sehr ab, dass ich schnell zugreifen kann. Ich packe ihn am Nacken und tauche ihn schnell in das warme Badewasser. Als er wieder auftaucht, will er gleich losschimpfen. Aber das geht nicht, weil er den Mund noch voller Wasser hat. Ich nutze die Gelegenheit und seife ihn kräftig ein. Normalerweise mache ich das mit Noras Lieblingsshampoo. Aber weil sie sowieso schon so traurig ist, nehme ich das von Mama.

»Aufhören! Sofort aufhören, du freches, unverschämtes Kind!«, brüllt Dieter, aber das beachte ich gar nicht. Ich nehme den Duschstrahler und spritze ihm den Schaum aus dem Fell.

Als ich damit fertig bin, schnappe ich mir ein Handtuch und rubbele ihn kräftig ab. Das gefällt Dieter eigentlich ganz gut, so geknuddelt zu werden, doch das würde er natürlich niemals zugeben.

»Das war furchtbar gemein und schrecklich hinterhältig, und wenn ich könnte, würde ich durch diese Tür da marschieren und nie wieder kommen! Merk dir das, Frolleinchen!«

Aber das glaube ich ihm nicht. Erstens kommt er an die Klinke gar nicht ran und zweitens geht sein Schimpfen unter dem Handtuch in ein wohliges Schnurren über.

Als ich mit dem Trockenrubbeln fertig bin, setze ich ihn

vor die Tür und dusche schnell selber. Das geht schneller, als ein Bad zu nehmen. Ich will Dieter nicht zu lange unbeaufsichtigt auf dem Flur hocken lassen. Wer weiß, was für Unsinn er da draußen anstellt.

»Die reden so leise, man kann gar nichts hören.« Dieter hat sein Ohr an Noras Tür gepresst, als ich aus dem Bad komme. Ich mache es wie er, aber man kann wirklich nichts

hören, weil Papa und meine Schwester nur ganz leise miteinander sprechen.

»Stimmt, dann lass uns lieber runtergehen. Ich glaube, Mama hat Kuchen gebacken«, schlage ich vor.

»Das ist die erste gute Idee, die ich heute von dir höre. Ach was, heute – das ist die erste gute Idee, die ich überhaupt von dir höre!«, sagt Dieter und macht sich auf den Weg in die Küche.

Mama ist mit den Gedanken ganz woanders, als wir den Marmorkuchen essen, den sie gebacken hat. Ich muss Dieter gar nicht heimlich unter dem Tisch füttern, sondern kann ihm einfach so ein Stück reichen, das er sofort laut schmatzend verschlingt. Ich glaube, Mama denkt an Nora, die immer noch oben mit Papa sitzt und sich ausheult. Ich glaube, Mama ist traurig, weil Nora nur mit Papa und nicht mit ihr sprechen will. Selbst als wir später noch eine Runde Mensch-ärgere-dich-nicht spielen, ist Mama nicht richtig bei der Sache. Sie übersieht jede Möglichkeit, mich zu schmeißen. Umgekehrt sehe ich das natürlich sofort, da braucht Dieter neben mir gar nicht so laut »Du kannst sie schlagen! Du kannst sie schlagen!« zu brüllen.

Wenn Papa ihr nicht bald verrät, wer sonst noch hier alles wohnt, werde ich es tun. Das ist schon lange fällig.

5. Das Zebra ist weg

Ich liege bereits im Bett, als Papa endlich Noras Zimmer verlässt. Er geht aber nicht sofort runter zu Mama, sondern schaut erst noch kurz bei mir vorbei. Lasse steht an der angelehnten Tür Schmiere, für den Fall, dass Mama überraschend die Treppe raufkommt. Das tut sie aber nicht. Sie sitzt vor dem Fernseher, das hört man bis hier oben, und wahrscheinlich wartet sie da unten, dass ihr Papa endlich erklärt, was mit Nora los ist.

»Ist es wegen Mathilde?«, frage ich Papa, als er sich auf mein Bett setzt.

Papa nickt nur traurig.

»Ist sie weg?«, hake ich nach.

Papa nickt erneut.

»Na, Gott sei Dank«, brummt Dieter.

»Klappe!«, brüllen Papa, Lasse und ich.

Dieter zuckt überrascht zusammen, weil wir das alle drei

fast gleichzeitig gerufen haben, hält aber tatsächlich den Mund.

»Es muss irgendwann gestern Nacht passiert sein«, erklärt Papa. »Am Morgen war Mathilde dann wohl schon weg.«

»Stimmt, das ist mir auch aufgefallen«, unterbreche ich ihn. »Ich habe sie heute früh in der Küche gar nicht gesehen, als der Rauchmelder angegangen ist. Aber ich dachte, Mathilde wartet oben an der Treppe auf Nora.«

»Nora selbst ist das da noch gar nicht aufgefallen, da hat

sie noch halb geschlafen«, erzählt Papa weiter. »Erst als wir beim Basketball waren, hat deine Schwester ihr Zebra vermisst. Sie hat das ganze Haus und auch den Garten abgesucht. Leider vergeblich.«

»Deiner Mama hat Nora gesagt, dass sie ihr Handy verloren hat«, mischt sich Lasse ein. »Damit die sich nicht wundert, warum deine Schwester alles auf den Kopf stellt.«

»Die Ärmste«, murmele ich, weil ich weiß, wie gut meine Schwester und Mathilde sich verstanden haben. »Kommt das öfter vor, dass Begleiter einfach so verschwinden?«

»Das ist das erste Mal, dass ich so etwas höre«, erklärt Papa. »Nora geht es gar nicht gut.«

»Ich könnte zu ihr rübergehen und versuchen, sie ein bisschen zu trösten?«, schlage ich vor.

»Nein, ich glaube, sie bleibt lieber alleine«, sagt Papa.

Er, Lasse und ich schweigen, weil keiner weiß, was er sagen soll. Sogar Dieter seufzt, so als täte meine Schwester ihm ebenfalls leid.

»Ich gehe dann mal runter zu Mama.« Papa steht auf und gibt mir einen Kuss. »Wir erzählen ihr einfach, dass Nora krank ist. Irgendwie stimmt das ja auch.«

»Du musst es ihr endlich sagen!«, erwidere ich.

»Was?«, fragt Papa verständnislos.

»Du weißt genau, was Zora meint«, bemerkt Lasse.

»Später«, erwidert Papa und geht zur Tür. »Jetzt ist nicht der richtige Augenblick dafür.«

»Für dich ist nie der richtige Augenblick«, rufe ich ihm nach. »Und wenn du es nicht tust, tue ich es.«

Ich weiß gar nicht, ob Papa das überhaupt gehört hat, weil er schon draußen auf dem Flur ist und jetzt die Treppe runterläuft.

»Darf ich jetzt auch wieder was sagen?«, fragt Dieter.

»Meinetwegen«, antworte ich.

»Dinge verschwinden nicht einfach so«, sagt Dieter. »Und Zebras schon gar nicht. Dass Mathilde nicht mehr hier ist, bedeutet nicht, dass sie weg ist. Sie ist nur woanders.«

»Aber wie soll das gehen?«, will ich wissen. »Ich kann nur fünf Meter von dir weg, dann laufe ich gegen eine Mauer. Und Mathilde und Nora waren genauso unzertrennlich. Wo soll sie denn jetzt sein, wenn sie nicht hier ist?«

Dieter zuckt nur die Schultern, weil er es scheinbar auch nicht weiß. Dann sagen wir beide nichts mehr und lauschen durch die dünne Wand, die mein Zimmer von Noras trennt, dem leisen Schluchzen meiner Schwester.

Weil es so traurig ist, versuche ich mich abzulenken. Ich überlege, wie ich mich wohl fühlen würde, wenn Dieter plötzlich nicht mehr da wäre. Klar, manchmal nervt er. Ziemlich oft sogar. Aber dann ist es auch wieder ganz nett mit ihm. Ich bin nicht sicher, ob ich genauso heulen würde, wie Nora. Aber vermissen würde ich ihn schon. Ein bisschen. Vielleicht sogar ein bisschen sehr, aber das werde ich ihm natürlich niemals verraten.

»Ich weiß genau, woran du gerade denkst«, sagt Dieter.

»Echt? Woran denn?«, frage ich.

»Du stellst dir vor, dass nicht Mathilde, sondern ich verschwunden wäre«, erklärt Dieter.

»Und was wäre dann?«

»Dann wärst du ganz sicher noch viel, viel, viel trauriger als deine Schwester jetzt. Ich bin schließlich das schönste und klügste Stinktier auf der ganzen Welt. Stimmt's oder habe ich recht?«

»Ich bin mir da noch nicht so sicher«, schwindele ich, weil ich nicht will, dass Dieter noch eingebildeter wird. »Lass uns lieber zu ihr rübergehen. Wenn ich in ihrer Lage wäre, würde ich mir wünschen, dass jemand bei mir ist.«

Ich steige aus dem Bett und laufe mit Dieter über den Flur. Unten im Wohnzimmer höre ich Mama und Papa reden. Doch weil der Fernsehen läuft, kann ich nicht verstehen, worüber sie sprechen. Ich glaube nicht, dass Papa ihr die Wahrheit sagt. Ich glaube, sie reden über die seltsame »Krankheit« meiner Schwester.

Ohne anzuklopfen, betrete ich Noras Zimmer. Sie liegt

im Bett und schaut mich mit verheulten Augen an. Dann hebt sie ihre Decke hoch, sodass ich zu ihr ins Bett schlüpfen kann. Als wir noch kleiner waren, haben wir oft unter einer Decke geschlafen.

Dieter klettert auch auf Noras Bett und ausnahmsweise hält er dabei sogar seinen frechen Mund. Nora und ich sagen auch nichts. Unter Schwestern braucht man nicht immer was zu sagen, da versteht man sich auch so.

Dieter kuschelt sich zwischen uns, sodass wir beide sein warmes Fell an unseren Bäuchen spüren. Weil ich ihn ja eben noch gebadet habe, riecht er auch nicht so schlimm. Eigentlich sogar ganz gut nach Kamille und Zitrone. Zuerst weint Nora leise noch ein bisschen, aber dann hört sie auf. Irgendwann schläft sie ein und ich auch.

Am nächsten Morgen geht es Nora immer noch nicht viel besser. Deswegen bleibt sie zu Hause und ich muss alleine zur Schule gehen. Sonst machen wir das immer zusammen. Mama hat gesagt, wenn sich meine Schwester am Nachmittag nicht besser fühlt, fährt sie mit ihr zum Arzt. Als wenn der Nora helfen könnte? Und das beweist nur, was ich sowieso schon geahnt hatte. Papa hat ihr gestern Abend natürlich nichts über Mathilde, Lasse und Dieter erzählt.

»Ist dein famoses Stinktier bei dir?«, fragt Kati, die am Schultor auf mich wartet.

»Klar, wo soll Dieter denn sonst sein?«, erwidere ich erschrocken, weil ich für einen Moment dachte, Kati weiß von dem verschwundenen Zebra und will deswegen wissen, ob Dieter auch weg ist.

»Das war wirklich eine saublöde Frage!«, brummt Dieter auf meinem Arm.

»Ich wollte mich nur noch mal bei ihm bedanken«, erklärt Kati. »Der hat uns gestern echt das Spiel gerettet. Ohne seine Stinkattacke wären wir gnadenlos untergegangen. Wenn ich ihn sehen könnte, würde ich ihm einen dicken Kuss dafür geben.«

»Kleinigkeit, habe ich doch gern gemacht«, murmelt Dieter, und ich kann sehen, dass er ganz rot im Gesicht wird. Zumindest da, wo sein gestreiftes Fell weiß und nicht schwarz ist.

»Er sagt, dass er es gern getan hat«, übersetze ich, weil Kati mein Stinktier ja nicht hören kann. »Sind die anderen schon da?«

»Nein, hab sie noch nicht gesehen.« Kati weiß natürlich sofort, dass ich mit den anderen Anna und Leon gemeint habe. Ich bin ein bisschen nervös, weil ich Angst habe, dass nicht nur Noras Zebra verschwunden ist. Vielleicht sind Annas Faultier und Leons Ratte auch weg? Vielleicht ist das so eine Art Krankheit? Vielleicht ist das sogar ansteckend?

»Aua! Du erstickst mich ja! Ich bin doch kein Kuschelkissen!«, beschwert sich Dieter, weil ich ihn instinktiv ganz fest an mich gedrückt habe.

»Da vorne sind die beiden!« Kati zeigt auf Anna und Leon, die zusammen etwas abseits auf dem Schulhof stehen.

Leon hat uns jetzt auch entdeckt. Er brüllt laut »Hallo! Hier sind wir!« und winkt dabei aufgeregt mit beiden Armen. Genau wie Jasper, der auf Leons Schulter hockt. Anna brüllt und winkt nicht, sondern hebt nur fast unmerklich den rechten Arm. Aber das ist bei ihr nicht ungewöhnlich. Anna ist eher so der schweigsame Typ. Genau wie ihr Faultier Paula, das wie immer an Annas linkem Oberarm hängt und pennt.

»Zum Glück sind die beiden noch da«, sage ich.

»Pah, auf die nervige Ratte kann ich gut verzichten, und das Faultier sagt doch eh kein Wort, da fällt es gar nicht auf, ob es da ist oder nicht«, brummt Dieter. »Aua!«

Aua sagt er, weil ich ihn für seine freche Bemerkung in den Po gezwickt habe. Manchmal ist er wirklich unmöglich!

»Warum sollten Anna und Leon denn nicht da sein?«, fragt Kati verwundert.

»Nicht die beiden, sondern ihre Tiere, Jasper und Paula«, antworte ich Kati.

Während wir zu Anna und Leon gehen, erzähle ich ihr

alles, was sie über Noras verschwundenes Zebra wissen muss. Dieter versucht mich auf dem ganzen Weg mit seinen kleinen spitzen Zähnen zu zwicken, als Rache für mein Kneifen. Aber weil ich ihn ganz fest unter meinen Arm geklemmt habe, schafft er es nicht.

»Habt ihr schon gehört?«, begrüßt uns Leon und Jasper, seine Ratte, ergänzt: »Jessicas doofes Einhorn ist weg. Schwuppdiwupp, einfach weg auf Nimmerwiedersehen!«

»Nicht möglich!«, rufe ich, obwohl ich seit gestern Abend doch ganz genau weiß, dass das möglich ist. »Aua!«

Vor lauter Überraschung habe ich den Griff um Dieter gelockert, und das hat er gleich ausgenutzt und mich in den Oberarm gebissen.

»Stimmt aber«, bestätigt Anna.

»Am Samstag hat Jessica ihr Einhorn das letzte Mal gesehen, habe ich gehört«, erzählt Leon, und ich bin mir sofort sicher, dass zwischen dem Verschwinden von Noras Zebra und dem von Jessicas Einhorn ein Zusammenhang besteht. Ich weiß nur nicht welcher.

»Die Arme«, sagt Kati.

Leon, Anna und ich nicken mitfühlend, obwohl keiner von uns Jessica leiden kann. Sie hat uns nicht in ihre Clique aufgenommen und auch nicht zu ihrer Party eingeladen, obwohl sonst fast die ganze Schule da war.

»Seid doch froh, dass das pinke Viech mit dem langen Pickel auf der Stirn weg ist!«, sagt Dieter.

»Recht hat er! Das sollten wir feiern!«, ruft Jasper.

Paula, Annas Faultier, hängt schweigend an Annas Arm. Anna sagt auch nichts, deutet aber mit dem Kopf in eine Ecke des Schulhofes.

Da steht Jessica ganz alleine, und das habe ich noch nie gesehen. Sonst ist ja immer ihr Einhorn bei ihr. Außerdem ist sie ständig von ganz vielen Kindern umringt, die alle in ihrer Nähe sein wollen, weil Jessica das mit Abstand schönste und beliebteste Mädchen an unserer Schule ist.

Jetzt ist nicht mal mehr ihre beste Freundin Lili bei ihr. Die steht mit ihrem fiesen Fuchs und den anderen Schülern in der gegenüberliegenden Ecke des Hofes.

6. Und das Einhorn auch

»Wird höchste Zeit, dass wir reingehen«, sagt Kati. »In der ersten Stunde haben wir Frau Gemetzel. Die bringt uns um, wenn wir zu spät sind.«

»Geht ihr schon mal vor, ich komme gleich nach«, sage ich.

»Was hast du denn vor?«, will Leon wissen

»Gehen wir noch schnell beim Bäcker vorbei und kaufen Rosinenschnecken? Ich liebe Rosinenschnecken!«, schwärmt Dieter.

»Das erzähl ich euch später«, sage ich.

Leon, Kati und Anna sehen sich verwundert an, fragen aber nicht weiter nach, sondern winken mir zum Abschied zu und laufen ins Schulgebäude, um auf jeden Fall vor unserer Mathelehrerin in der Klasse zu sein.

»Und jetzt kaufen wir Rosinenschnecken, richtig?« Dieter leckt sich mit der Zunge über seine Lippen.

»Falsch«, antworte ich und gehe zu Jessica rüber.

»Was willst du denn von der?«, fragt Dieter neben mir. »Schon vergessen, wie blöd die immer zu uns war?«

»Natürlich nicht«, antworte ich. »Aber jetzt tut sie mir trotzdem leid und vielleicht kann sie uns erzählen, wie ihr Einhorn verschwunden ist. Und vielleicht können wir damit auch Nora helfen, Mathilde wiederzubekommen.«

»Ich hätte aber viel lieber eine Rosinenschnecke als ein Zebra. Oder besser noch zwei oder drei davon«, brummt Dieter.

»Meine Schwester will Mathilde aber wiederhaben, ist doch klar. Und ich auch, damit es Nora wieder besser geht.«

Dieter schnaubt abfällig, aber ich habe den Verdacht, dass er nur sauer ist, weil das nicht seine Idee war, Jessica über das Verschwinden ihres Einhorns zu befragen und so vielleicht einen Hinweis zu erhalten, wo Noras Zebra abgeblieben ist.

Jessica tut so, als würde sie gar nicht bemerken, dass wir auf sie zukommen. Dabei hat sie uns garantiert schon gesehen.

»Was willst du denn mit deiner dicken Stinknudel von mir?«, fragt sie und rümpft dabei hörbar die Nase, als ich vor ihr stehe. »Kannst du deinem Stinktier nicht mal ein anständiges Deo kaufen?«

Dieter will etwas erwidern, aber ich nehme ihn schnell hoch und halte ihm die Schnauze zu, damit er nichts Blödes zu Jessica sagt. Schließlich will ich ein paar Infos von ihr haben, und da ist es nicht sehr hilfreich, wenn Dieter hier rumpöbelt.

»Warum bist du denn so ganz alleine?«, erkundige ich mich, ohne auf ihre Beleidigungen einzugehen.

»Ich wollte einfach mal ein paar Minuten für mich sein, da habe ich die anderen weggejagt«, antwortet Jessica trotzig, aber das glaube ich ihr nicht. »Die haben mich gestört und das tust du auch. Also hau ab!«

Das mache ich natürlich nicht, stattdessen frage ich sie direkt: »Ich habe gehört, dein Einhorn ist nicht mehr da. Stimmt das?«

»Siehst du es hier irgendwo?«, fragt Jessica zurück.

Ich schüttele den Kopf.

»Siehst du, ich sehe es auch nicht! Also ist es wohl weg.« Jessica schaut an mir vorbei in die Ecke, in der ihre Freundin Lili mit den anderen Kindern steht.

»Das Zebra meiner Schwester ist auch verschwunden«, sage ich.

»Echt? Pech für sie.« Das soll wahrscheinlich cool klingen, hört sich in meinen Ohren aber ganz furchtbar traurig an.

»Hast du vielleicht irgendetwas Verdächtiges bemerkt, bevor dein Einhorn verschwunden ist?«, will ich von ihr wissen.

Jessica zögert.

»Etwas, das anders war als sonst«, hake ich nach. »Irgendwas Ungewöhnliches.«

»Da war ein Schatten mit einem langen Stock … dann gab es einen leisen Schrei und Watteböllchen war weg, einfach weg«, erzählt Jessica leise.

»Wer ist Wattebällchen?«

»Na, mein Einhorn natürlich. Wer sonst?«

Würde ich Dieter nicht die Schnauze zuhalten, würde er jetzt laut loslachen. Das kann ich spüren.

»Klar, wer sonst«, nuschele ich.

»Aber wahrscheinlich habe ich das alles nur geträumt«, sagt Jessica.

Im selben Moment klingelt die Schulglocke. Jessica schaut mich lange an, dann flüstert sie: »Ganz bestimmt habe ich das mit dem Schatten nur geträumt. Vergiss das mit dem Schatten.«

Jessica rempelt mich an, als sie an mir vorbei zum Schuleingang läuft. Ich bin mir nicht sicher, aber ich glaube, sie weint.

»Wattebällchen!« Dieter kriegt sich kaum ein vor Lachen, als ich meine Finger um seine Schnauze wieder lockere. »So ein saudoofer Name! Und dann die Sache mit dem Stock und dem Schatten. Die spinnt doch, die spinnt doch total!«

»Vielleicht, vielleicht aber auch nicht«, erwidere ich und mache mich auch auf den Weg in unsere Klasse.

Von den Schulstunden bekomme ich an diesem Tag nicht viel mit, weil ich mir Sorgen um Nora mache und meine

Gedanken in meinem Kopf Fangen spielen. Da ist es mir auch ganz egal, dass Frau Gemetzel mit mir schimpft, weil ich erst nach ihr in das Klassenzimmer komme. Später nimmt sie mich deswegen auch noch dran und stellt mir eine Rechenaufgabe. Dieter muss mir vorsagen, sonst hätte sie in ihrem Heft hinter meinem Namen wieder ein dickes rotes Minus geschrieben. Dieter kann gut rechnen. Zumindest für ein Stinktier. Seit er bei mir ist, haben sich meine Mathenoten deutlich verbessert. Frau Gemetzel glaubt, das läge an ihrem wunderbaren Unterricht, und ein bisschen ärgert sie sich auch darüber, weil sie lieber schlechte als gute Noten verteilt. So eine Art von Lehrerin ist sie nämlich.

Unser Deutschlehrer, Herr Schwarm, ist da ganz anders. Und das nicht nur, weil er einen großen weißen Wolf namens Rolf als Begleiter hat. Herr Schwarm ist schrecklich nett und macht ganz tolle Deutschstunden, in denen man auch etwas lernt, was man nicht nur in der Schule brauchen kann, sondern richtig fürs Leben. Trotzdem bin ich heute mit meinen Gedanken ganz weit weg und höre ihm nicht richtig zu. Nur am Anfang passe ich auf, ob Rolf bei ihm ist. Aber als ich sehe, dass sich sein Wolf wie immer zu Füßen meines Lieblingslehrers zusammenrollt, überlege ich weiter, was ich tun kann, damit Nora wieder glücklich wird. Dabei weiß ich doch eigentlich schon, dass es dafür nur einen einzigen Weg gibt: Ich muss Mathilde wiederfinden und das Zebra zu Nora zurückbringen.

Ich weiß bloß noch nicht, wie.

Den ganzen Vormittag brüte ich über dieses »wie«. Sogar in den Pausen. Ich stehe einfach schweigend daneben und murmele abwesend »ja, ja« oder »nein, nein«, wenn Anna, Kati oder Leon mich etwas fragen. Dabei sind die drei ja die Lösung, auch wenn ich das erst kurz vor Schulschluss kapiere.

Schließlich sind wir ein Club!

Und wozu ist so ein Club gut?

Natürlich dazu, dass man sich gegenseitig hilft und zusammen Probleme löst, die man alleine nicht lösen kann. Und wenn das Problem ein verschwundenes Zebra ist, dann werden wir es eben einfach gemeinsam suchen. Das kann ja nicht so schwer sein. Ich muss das den anderen nur erklären, dann machen die bestimmt mit. Da bin mir ganz sicher.

»Und wenn wir alle zusammen Mathilde gefunden haben, wird es meiner Schwester bestimmt auch wieder besser gehen«, erkläre ich Kati, Leon und Anna, als wir nach der Schule vor dem Schultor stehen.

»Aber ist das nicht gefährlich?«, fragt Leon.

»Und ich kann das Zebra doch sowieso nicht sehen«, bemerkt Kati. »Wie soll ich denn da bei der Suche helfen?«

Ehrlich gesagt, hatte ich gedacht, dass meine Freunde mit mehr Begeisterung auf meinen Vorschlag reagieren. Der Einzige, die meine Idee auf Anhieb gut findet, ist Leons Ratte Jasper.

»Ach was, das wird toll!«, ruft er. »Wir werden Detektive! Genau wie Sherlock Holmes und sein Gehilfe Doktor Watson. Ich bin Holmes und das Stinktier ist Watson. Das wird megahypersuperklasse!«

»Wenn hier einer von uns Sherlock Holmes ist, dann ja wohl ich«, erwidert Dieter. »Schließlich ist allgemein bekannt, dass der berühmte Detektiv damals auch einen unsichtbaren Begleiter hatte. Und zwar ein genauso schönes und kluges Stinktier, wie ich eines bin.«

»Dass ich nicht lache.« Jasper ist vor Aufregung von Leons Schulter auf dessen Kopf geklettert. »Es war eine Ratte, die ihn begleitet hat.«

»Es war ein Stinktier!«

»Eine Ratte!«

»Stinktier!«

Während die beiden streiten, wer Sherlock Holmes sein darf und wer Doktor Watson sein muss, schaue ich Anna an.

»Und was meinst du?«, frage ich sie.

»Klingt cool«, antwortet Anna und sogar Paula, ihr Faultier, wacht kurz aus ihrem Dauerschlaf auf und murmelt: »Bin dabei.«

Ich bin so froh, dass ich die zwei am liebsten umarmen würde. Aber das geht schlecht, weil Paula an Annas rechtem Oberarm hängt und ich Dieter trage. Wenn man ein Stinktier mit sich rumschleppt, gehen die Leute, die das sehen können, instinktiv auf Abstand und lassen einen nicht so gern in ihre Nähe. Das habe ich schon bemerkt. Deswegen belasse ich es bei einem dankbaren Lächeln und wende mich wieder Kati und Leon zu.

»Was soll schon passieren? Wir suchen ein Zebra und keinen entlaufenen Tiger oder so«, sage ich Leon, und Kati verspreche ich: »Ich leihe dir die Pfeife von meiner Oma, damit kannst du die Tiere auch sehen.«

Die beiden sehen zwar immer noch nicht begeistert aus, nicken dann aber doch.

»Dann ist das also abgemacht! Wir, der Club der super Tiere, suchen Noras Zebra und bringen es ihr zurück.« Ich halte meine Hand in die Mitte, sodass alle einschlagen können. Anna tut das sofort, bei ihrem Faultier dauert es etwas länger, weil sich Paula meistens nur in Zeitlupentempo bewegt. Kati und Leon zögern noch einen kurzen Moment, schlagen dann aber auch ein.

»Stinktier!«

»Ratte!«

»Stinktier!«

»Ratte!«

»Könnt ihr mal mit dem kindischen Quatsch aufhören und einschlagen«, sage ich zu Dieter und Jasper, die sich immer noch streiten.

Die beiden stutzen einen Augenblick, dann legt das Stinktier seine Tatze auf die Hände der anderen. Jasper klettert an Leons Arm herunter, damit er mit seiner Pfote auch einschlagen kann.

»Es lebe der Club der super Tiere«, brülle ich, und weil es sich so gut anfühlt, gleich noch mal. »Es lebe der Club der super Tiere.« Beim dritten Mal brüllen alle mit.

Genau in diesem Augenblick kommt Jessicas Freundin Lili mit ihrem fiesen Fuchs aus dem Schulgebäude. Die beiden haben unseren letzten Schrei gehört und lachen sich

halb tot, weil sie unsere Tiere nicht ganz so super finden wie wir.

»Dumm wie Brot, alle beide«, knurrt Dieter.

Jasper nickt zustimmend, und das ist einer der seltenen Momente, an dem die beiden einer Meinung sind.

7. Wie malt man ein Zebra?

»Aber wie sollen wir Noras Zebra finden?«, fragt Kati. »Das kann doch überall sein.«

»Wir könnten eine Falle bauen!«, ruft Jasper. »Da legen wir ein Stück Käse rein, und wenn Mathilde kommt, schnappt die Falle zu.«

Kati versteht nicht, warum wir alle lachen. Sie kann ja nicht hören, was Leons Ratte gesagt hat. Ich flüstere es ihr leise ins Ohr. Da muss sie auch kichern.

»Das ist ein Zebra und keine Ratte. Nur Ratten sind so doof, sich mit Käse in Fallen locken zu lassen«, erwidert Dieter. »Das ist die blödeste Idee, die ich jemals gehört habe.«

»Selber blöd«, entgegnet Leons Ratte, und dann fangen die beiden wieder an zu streiten. Aber dabei hört ihnen keiner zu, weil wir Wichtigeres zu besprechen haben.

»Jessica hat von einem unheimlichen Schatten gesprochen«, erkläre ich. »Vielleicht wurden ihr Einhorn und Noras Zebra von dem Schatten entführt.«

»Aber wie soll das gehen?«, bemerkt Kati. »Du hast mir doch mal erzählt, dass sich keiner von euch mehr als fünf Meter von seinem Tier entfernen kann.«

»Es sei denn, diese Verbindung wird irgendwie getrennt«, sagt Leon.

»Womit denn?«, fragt Anna. »Mit einem Küchenmesser?«

»Keine Ahnung«, gibt Leon zu, obwohl er doch von uns allen in der Schule die besten Noten hat.

»Jessica hat auch was von einem Stock erzählt. Vielleicht kann man damit die Verbindung trennen«, sage ich.

»Und das hat sie alles mit eigenen Augen gesehen? Also den Schatten und den Stock?«, hakt Kati nach.

»Nein, sie hat es nur geträumt, sagt sie.«

Die anderen stöhnen auf, weil uns das natürlich überhaupt nicht weiterhilft.

»Wir können nur hoffen, dass das Zebra noch hier in der Stadt ist«, sagt Leon. »Das ist unsere einzige Chance. Ich schlage vor, wir schreiben eine Suchmeldung und verteilen die überall.«

»Das habe ich auch gemacht, als mein Kaninchen weggelaufen ist«, ruft Kati. »Das hat damals super geklappt.

Jemand hatte es gefunden, und durch die Suchmeldung wusste er, dass es mir gehört und hat es mir zurückgebracht.«

»Du hast ein Kaninchen?«, fragt Leon überrascht.

»Ja, aber das war ein echtes«, erklärt Kati. »Eines, das jeder sehen kann.«

»Super Idee!«, knurrt Dieter. »Wir hängen Zettel auf und fragen, wer ein unsichtbares Zebra gesehen hat. Wirklich sehr clever.«

»Aber die Leute, die selber einen Begleiter haben, können es doch sehen und vielleicht meldet sich davon einer«, sage ich. »Wer ist dafür?«

Außer Dieter, der die Idee doof findet, und Jasper, der immer noch lieber eine Falle bauen möchte, heben alle die Hand. Bei Anna dauert das ein bisschen. Nicht, weil sie keine Zettel verteilen will, sondern weil Paula an ihrem rechten Arm hängt und mal wieder tief und fest pennt.

Wir verabreden, dass ich zu Hause die Suchmeldung schreibe und dann damit zu Leon gehe, weil seine Eltern einen Kopierer haben. Am Nachmittag wollen wir uns dann alle auf dem Marktplatz treffen.

»Und passt gut auf Jasper und Paula auf«, rufe ich Leon und Anna hinterher, als wir uns trennen. »Nicht, dass die auch noch verloren gehen.«

»Um die Ratte wäre es wirklich nicht schade«, brummt Dieter. »Die würde keiner vermissen.«

»Ich schon und Leon ganz sicher auch«, erwidere ich. »Der wäre bestimmt genauso traurig wie Nora, und das täte mir leid.«

»Du bist doch nicht etwa verknallt in den, oder?« Dieter kichert.

»In Jasper?«, frage ich, obwohl ich natürlich genau weiß, dass er nicht die Ratte gemeint hat.

»In Leon natürlich«, sagt Dieter und grinst dabei ganz unverschämt.

»Natürlich nicht!« Ich spüre, dass ich trotzdem ganz rot werde. Obwohl es dafür gar keinen Grund gibt. Wirklich nicht.

Den ganzen Weg nach Hause kichert Dieter und summt dabei »Liebespaar, Liebespaar, Liebesliebesliebespaar« vor sich hin.

»Wenn du nicht aufhörst, setze ich dich sofort auf den Bürgersteig«, drohe ich. »Dann trage ich dich keinen Meter mehr.«

Dieter ist sofort still, weil er keine Lust hat, selber zu laufen. Dazu ist er viel zu faul und deswegen ist er ja auch so dick. Es wird höchste Zeit, dass er ein bisschen Sport treibt, um ein paar Kilo abzunehmen. Wenn wir Mathilde

gefunden haben, werde ich mich mal um ein Fitnessprogramm für mein Stinktier kümmern müssen. Ich muss grinsen, als ich mir vorstelle, wie Dieter durch den Stadtpark joggt und ich mit meinem Rad neben ihm herfahre.

»Was grinst du denn so?«, will Dieter wissen. Aber das verrate ich ihm natürlich nicht, weil ich nicht glaube, dass er meine Pläne genauso lustig findet wie ich. Außerdem fällt mir ein, dass ich im Urlaub in einer Konditorei mal ein Schild gesehen habe, da stand drauf: »Esst mehr Kuchen. Dicke Menschen sind schwerer zu kidnappen.« Da ist es vielleicht doch besser, wenn Dieter ein paar Kilos zu viel auf den Rippen hat.

Als ich zu Hause ankomme, hat Nora Besuch.

»Wer ist es denn?«, frage ich Mama.

»Ein Junge aus ihrer Schule«, antwortet Mama und grinst mir verschwörerisch zu. »Weil sie doch nicht in der Schule war, hat er ihr die Hausaufgaben vorbeigebracht.«

»Ist das so ein dünner Spargeltarzan mit einer möchtegern-coolen Baseballmütze auf dem Kopf?«

»Die Beschreibung passt genau, aber wehe, du wiederholst das in Gegenwart deiner Schwester«, sagt Mama streng. »Ich glaube, sie mag ihn, und vielleicht kann er sie ein wenig aufmuntern. Nora war den ganzen Vormittag traurig. Wenn ich nur wüsste, was mit ihr los ist?«

Mama sieht ganz verzweifelt aus, weil sie sich solche Sorgen macht. Ich bin kurz davor, ihr alles zu sagen. Aber dann lasse ich es, weil das wirklich Papas Sache ist und ich auch noch so wahnsinnig viel zu tun habe.

»Das ist bestimmt Louis. Nora ist total in den verknallt«, sage ich stattdessen und flunkere. »Vielleicht hatte sie ja Liebeskummer. Vielleicht war sie deswegen so krank und traurig.«

Mama strahlt mich an, weil ich eine Erklärung für Noras Zustand liefere, den sie verstehen kann.

»Das könnte tatsächlich sein«, sagt sie erleichtert. »Und dann geht es ihr jetzt bestimmt besser. Hast du Hunger?«

»Nein«, sage ich.

»Doch«, ruft Dieter.

»Aber du musst doch was essen«, beharrt Mama.

»Ich mache mir ein Butterbrot«, erwidere ich. »Wir haben so viele Hausaufgaben auf, da ist keine Zeit für was anderes.«

Ich schmiere mir schnell zwei Brote, eines für mich und eines für Dieter.

»Hast du denn keinen Hunger?«, fragt Dieter.

»Warum?«

»Na, weil du nur zwei Brote für mich machst und keines für dich.«

Weil ich keine Zeit habe, mich mit ihm zu streiten, belege ich auch noch eine dritte Scheibe Brot.

»Ist das auch für mich?«, erkundigt sich Dieter. »Wenn ja, könntest du dann noch dick Leberwurst draufschmieren?«

»Nein«, murmele ich leise, weil Mama hinter mir am Küchentisch sitzt und Zeitung liest.

Dann schnappe ich mir Dieter und den Teller mit den Broten und laufe die Treppe rauf in mein Zimmer. Für einen Moment halte ich mein Ohr an Noras Tür, weil ich wissen will, was sie und Louis da drinnen reden.

»Kannst du was hören? Ich höre nichts«, sagt Dieter.

»Ich auch nicht«, antworte ich.

Nora und Louis flüstern so leise, dass ich kein Wort verstehen kann. Aber das ist egal, ich habe sowieso Wichtigeres zu tun, als mir ihre albernen Turteleien anzuhören.

In meinem Zimmer hole ich mir einen Zeichenblock und Malstifte, um schnell die Suchmeldung fertig zu machen. Ich möchte Mathilde malen und dazu schreiben, seit wann sie vermisst wird und wo man sich melden kann, wenn man sie gesehen hat.

Aber das klappt nicht so richtig, weil mein Zebra aussieht wie ein Elefant. Ich zerknülle zehn Blätter und fange immer wieder von vorne an. Doch es wird einfach nicht besser. Auf meiner letzten Zeichnung sieht Mathilde aus wie ein Nilpferd, das einen gestreiften Schlafanzug trägt.

»Können die nicht mal lauter reden? Man versteht kein Wort!« Dieter sitzt auf meinem Bett, futtert alle drei Brote und presst seine Fellohren gegen die dünne Wand, die mein Zimmer von Noras trennt. Statt ihm zu antworten, zerknülle ich das Blatt vor mir und werfe es wütend in den Papierkorb.

»Probleme?«, erkundigt sich Dieter schmatzend.

»Ich kriege das Zebra nicht hin«, sage ich.

»Lass mich mal machen.« Dieter klettert auf meinen Schreibtisch, der direkt neben meinem Bett steht.

»Was hast du vor?«, frage ich.

»Ein Zebra zeichnen, was sonst.« Dieter greift mit seiner

linken Pfote nach einem meiner Stifte. Geschickt klemmt er ihn sich zwischen seine Krallen und fängt an zu malen.

Auf dem weißen Papier entsteht ein Zebra, das Mathilde unglaublich ähnlich sieht. Es ist vielleicht ein bisschen zu dick und es guckt nicht besonders freundlich, aber das hat Dieter bestimmt nur so gezeichnet, weil er Noras Zebra nicht leiden kann. Aber sonst ist es ein wirklich tolles Bild. Ich bin völlig überwältigt und muss die ganze Zeit auf das Blatt starren.

»Gefällt es dir etwa nicht?«, erkundigt sich Dieter.

»Doch, es ist … es ist … einfach unglaublich«, erkläre ich, denn das ist es wirklich.

»Ich weiß«, sagt Dieter. »Es ist einfach unglaublich gut.«

Obwohl er so ein schrecklicher Angeber ist, nehme ich ihn in den Arm und drücke ihn ganz doll. Ich hatte ja gar nicht gewusst, dass er so gut malen kann. Das ist genauso wie in Mathe. Da hat er mich auch überrascht, weil er in kürzester Zeit die schwierigsten Rechenaufgaben lösen kann.

»Ist ja schon gut.« Dieter versucht sich aus meiner Umarmung zu befreien. »Statt mich hier totzuknuddeln, solltest du deine Dankbarkeit lieber dadurch zeigen, dass du mir auf dem Weg zu Leon drei Rosinenschnecken kaufst.«

»Eine«, versuche ich ihn runterzuhandeln.

»Zwei!«, verlangt Dieter und hält mir seine Pfote hin.

»Meinetwegen.« Ich schlage ein, weil ich im Gegensatz zu ihm weiß, dass wir auf dem Weg zu Leon an gar keiner Bäckerei vorbeikommen.

Ich setze Dieter wieder auf dem Tisch ab und schreibe alle nötigen Informationen neben das Bild des Zebras. Dazu benutze ich einen ganz dicken Stift, damit man es auch gut lesen kann, und strenge mich ganz doll an, damit ich keine Fehler mache. Aber das passiert nicht, denn im Schreiben bin ich viel besser als im Malen oder Rechnen.

Ich verstaue das Blatt sicher in meiner Tasche, nehme Dieter auf den Arm und renne aus dem Zimmer, weil ich schon viel zu spät bin. Auf dem Flur knalle ich fast mit Louis zusammen, der sich gerade von meiner Schwester verabschiedet.

»Aus dem Weg du Besenstiel«, brüllt Dieter, aber das kann Louis ja zum Glück nicht hören.

Im Gegensatz zu Nora, die meinem Stinktier einen wütenden Blick zuwirft. Sie sieht immer noch traurig aus, aber nicht mehr ganz so schlimm wie gestern. Vielleicht hat ihr der Besuch von Louis tatsächlich ein bisschen geholfen. Bevor sich die beiden auch noch einen ekligen Kuss geben, poltere ich mit Dieter schnell die Treppe runter.

»Ich bin noch mal weg!«, rufe ich Mama zu und verschwinde schnell nach draußen, bevor sie mich fragen kann, wo ich hinwill.

8. Herzlichen Glückwunsch!

»Wow! Ist das eine Hütte! Warum leben wir nicht in so einer Hütte?« Bis gerade eben hat Dieter noch genörgelt, weil wir an keiner Bäckerei vorbeigekommen sind. Jetzt aber starrt er mit offenem Mund das Haus an, in dem Leon wohnt.

»Hütte würde ich das nicht nennen. Palast trifft es eher«, korrigiere ich Dieter.

Ich bin selber überrascht, wie groß das Haus ist, in dem Leon wohnt. Klar wusste ich, dass seine Eltern Geld haben, weil ihnen eine Fabrik für Kloschlüsseln gehört. Aber ich wusste nicht, dass sie sich so eine Villa leisten können.

»Der Junge ist eine super Partie«, sagt Dieter. »Und wenn ihr später heiratet, leben wir auch in so einer feinen Hütte.«

»Sag mal, spinnst du jetzt völlig?!«

Genau in dem Augenblick geht die Tür auf, und das zeigt, dass Leon und Jasper schon auf uns gewartet haben.

»Meinst du mich?«, fragt Leon überrascht.

»Nein, deine Ratte«, sagt Dieter.

»Nein, mein Stinktier«, sage ich.

»Leon hockt schon seit einer Stunde hinter dem Fenster und wartet auf dich«, petzt Jasper.

Leon wird knallrot und ich auch. Dieter und Jasper fangen an zu kichern. Die beiden können gar nicht mehr aufhören.

»Hast du die Suchmeldung dabei?«, fragt Leon, um von unseren albernen Begleitern abzulenken.

»Klar«, sage ich und hole das Blatt mit dem Bild von Mathilde heraus.

»Hast du das gezeichnet?« Am Klang seiner Stimme höre ich, dass er das gezeichnete Zebra richtig toll findet. Für einen Moment wünsche ich mir, es wäre tatsächlich von mir.

Aber da brüllt Dieter auch schon: »Natürlich nicht, das habe ich gemalt, sonst wäre es ja auch nicht so unglaublich schön geworden.«

Dagegen kann nicht mal Jasper was sagen, weil Mathilde auf dem Bild ja wirklich gut getroffen ist.

»Kommt rein«, sagt Leon. »Dann kopieren wir das schnell hundert Mal. Die anderen warten bestimmt schon auf dem Marktplatz auf uns.«

Leon führt uns durch die Villa, in der es unheimlich viele Flure, Treppen und Türen gibt. Wir sind ewig unterwegs, bis er endlich vor zwei Räumen haltmacht.

»Das ist die Küche und das ist eines der Arbeitszimmer.« Leon zeigt auf die beiden Türen, vor denen wir stehen.

Jasper und Dieter schauen sich kurz an, dann springt das Stinktier von meinem Arm und läuft mit der Ratte durch die angelehnte Tür in die Küche. Obwohl sich die beiden ständig streiten, verstehen sie sich eigentlich ganz gut.

»Die wären wir los«, sagt Leon und geht mit mir in das

Arbeitszimmer. An der Wand hängt ein Bild, das ziemlich echt und ziemlich teuer aussieht. Bei uns daheim hängen nur Poster an den Wänden. Dann gibt es noch einen großen Kopierer, ein Regal mit Aktenordnern, einen riesigen Schreibtisch und einen bequemen Bürostuhl, auf dem man sich super im Kreis drehen kann. Das weiß ich, weil ich es sofort ausprobiere. Mit den Beinen wäre ich dabei beinahe an eine große Maschine aus Lego gestoßen, die auf dem Boden steht.

»Was ist das?«, frage ich Leon.

»Eine Zeitmaschine«, antwortet er. »Damit kann ich in die Zukunft reisen, wenn meine Eltern mich nerven.«

»Echt?«, frage ich beeindruckt.

»Natürlich nicht«, erwidert Leon und lächelt dabei nett. »Lego-Maschinen sind so eine Art Hobby von mir. Das ist ein Staubsaugerroboter, den ich gebaut habe.«

Tatsächlich bemerke ich erst jetzt, wie sich das Gerät aus Legosteinen langsam über den Boden bewegt und dabei Flusen aufsammelt.

»Cool, aber so eine Zeitmaschine wäre auch nicht schlecht gewesen«, sage ich. »Nerven deine Eltern oft?«

»Ja, aber zum Glück sind die fast nie da«, antwortet Leon und legt mein Blatt in den Kopierer. »Die arbeiten so viel, dass ich sie kaum sehe.«

»Stört dich das nicht?«

»Nein, da habe ich wenigstens meine Ruhe.«

Für einen kurzen Augenblick finde ich die Vorstellung auch ganz reizvoll, dass meine Eltern immer unterwegs wären und mir nicht auf die Nerven gehen könnten. Aber dann denke ich, sie würden mir doch fehlen, wenn sie nicht da wären. Das ist ein bisschen so wie mit Dieter.

»Weiß dein Vater von dem Pinguin deiner Mutter und deiner Ratte?«, frage ich. Leons Mutter hat nämlich einen Pinguin als Begleiter, genau wie die Frau in der Turnhalle.

»Natürlich nicht!« Leon sieht mich an, als wäre ich verrückt geworden. Dann drückt er ein paar Knöpfe an dem Kopierer und das Gerät fängt an zu arbeiten. Ohne mich anzusehen, spricht er weiter. »Ich darf niemandem von Jasper erzählen. Meine Mutter schämt sich, dass er nur eine Ratte ist, wo sie doch einen Kaiserpinguin hat. Wenn wir Besuch kriegen und da ist jemand mit einem Begleiter dabei, muss ich Jasper in meiner Jackentasche verstecken.«

»Das ist gemein«, sage ich. »Ich finde Jasper eigentlich ganz nett.«

»Ich auch, manchmal wenigstens.«

»Bei Dieter ist es genauso.«

Es tut richtig gut, mit jemandem über Dieter zu reden, der in der gleichen Situation ist.

»Du hast eine sehr schöne Schrift.« Leon holt eine der Kopien aus dem Ausgabefach. »Oder hat das auch dein Stinktier geschrieben?«

»Nein, das war ich.« Ich spüre, wie ich knallrot werde. Genau wie Leon vorher an der Tür. Aber zum Glück kann er das nicht sehen, weil er sich über das Ausgabefach des Kopierers beugt. Und Dieter auch nicht. Der hockt ja mit Jasper in der Küche. Sonst würde er bestimmt einen doofen Spruch loslassen, und dann würde ich noch röter werden, falls das überhaupt möglich ist.

»Meinst du hundert Zettel reichen?«, fragt Leon.

»Ich glaub schon«, antworte ich.

»Denk ich auch.« Leon packt die Kopien in eine Tasche und geht mit mir in die Küche.

Dieter und Jasper hocken auf einem Tisch vor den Resten einer riesigen Torte. An den Rändern kann man noch die Marzipanbuchstaben »Herzl«, »burts« und »eon« lesen. Die Schnauzen der beiden sind mit Sahne verschmiert und das gilt auch für ihre Ohren. Die beiden müssen sich kopfüber in die Torte gestürzt haben und so sieht sie auch aus. Als Jasper und Dieter uns bemerken, schauen sie erschrocken auf, zeigen mit ihren Pfoten auf den jeweils anderen und brüllen gleichzeitig: »Ich war das nicht! Der war's!«

Obwohl es ja gar nicht zu übersehen ist, dass sie alle beide die Torte ruiniert haben.

»Du hast heute Geburtstag?«, frage ich Leon, weil die Reste der Marzipanbuchstaben diese Vermutung nahelegen.

»Mein elfter, aber das ist nicht so wichtig«, wiegelt Leon ab.

»Das ist nicht so wichtig?« Ich kann nicht fassen, was er da sagt. Geburtstage sind wichtig! Die sind das Beste am ganzen Jahr, sogar noch besser als Weihnachten. »Feierst du denn gar nicht?«

»Ich wollte heute Abend ein Stück Torte essen.« Leon zeigt auf das Sahneschlachtfeld auf dem Küchentisch.

»Und deine Eltern?«

»Die sind in der Fabrik und danach haben sie Karten für ein Konzert«, erklärt Leon, und da tut er mir plötzlich ganz doll leid.

Jasper und Dieter anscheinend auch. Die beiden wischen sich die Sahne von ihren Schnauzen und fangen an zu singen:

»Zum Geburtstag viel Glück,
zum Geburtstag viel Glück!«

Weil ich nicht weiß, was ich sagen soll, singe ich einfach mit.

»Zum Geburtstag, lieber Leon,
zum Geburtstag viel Glück!«

Als wir fertig sind, klatschen wir alle drei, und Leon sieht richtig gerührt aus. So, als hätte noch nie jemand für ihn ein Ständchen zum Geburtstag gesungen. Aber das traue ich mich nicht zu fragen.

»Wir müssen los, die anderen warten bestimmt schon auf uns. Und tu mir bitte einen Gefallen, erzähle denen nicht, dass ich Geburtstag habe. Ich stehe nicht so gern im Mittelpunkt.« Leon dreht sich um und läuft den Flur entlang.

Ich renne ihm schnell hinterher. Ich habe Angst, dass ich mich in dem riesigen Haus verlaufe, wenn ich ihn aus den Augen verliere. Dieter und Jasper schauen sich an und hüpfen vom Tisch herunter, um uns zu folgen. Ich glaube, dass die beiden ein schlechtes Gewissen haben, weil sie Leons Geburtstagstorte aufgefuttert haben. Jedenfalls quengelt Dieter auf dem Weg bis zum Marktplatz nicht ein einziges Mal, dass ihm die Füße wehtun und dass er getragen werden möchte. So wie sonst immer.

»Da seid ihr ja endlich! Wieso hat das so lange gedauert?«, begrüßt uns Kati, als wir endlich am Marktplatz ankommen. Anna steht mit Paula am Arm neben ihr und sieht nicht so aus, als hätte sie das Warten gestört. Aber wenn man ein Faultier mit sich herumträgt, entwickelt man wahrscheinlich eine gewisse Gelassenheit, was die Zeit angeht. Da ist dann bestimmt alles viel entspannter und nicht so hektisch.

Kati dagegen ist schon ganz aufgeregt, weil sie unbedingt die Suchmeldung sehen möchte. Leon reicht ihr eines der Blätter.

»Ich wusste gar nicht, dass du so gut malen kannst, Zora!«, sagt Kati, als sie das gezeichnete Zebra sieht.

»Das war ja auch ich! Das sieht man doch!«, brummt Dieter.

»Kleinigkeit«, sage ich zu Kati. Sie kann mein Stinktier ja nicht hören, und um Dieter noch ein bisschen zu ärgern, schiebe ich schnell hinterher: »Zebras sind meine Spezialität, dabei ist mir das hier gar nicht mal so gut gelungen.«

Dieter schäumt vor Wut, aber das geschieht ihm nur recht.

Anna lässt sich von Leon einen Stapel Blätter geben und sagt: »Echt toll!«

Wenn Anna das sagt, meint sie das auch. Das ist ja oft so bei Leuten, die nicht so viel sagen.

»Dann müssen wir die jetzt nur noch an die Leute verteilen«, schlägt Kati vor.

»Aber nur an die, die selber einen Begleiter haben«, bemerkt Leon. »Bei den anderen macht das keinen Sinn, die können Mathilde ja gar nicht sehen.«

»Und wie soll ich die unterscheiden?«, will Kati wissen.

Ich hole die kleine hellblaue Pfeife heraus, die mir meine Oma zum Geburtstag geschenkt hat.

»Wenn du reinbläst, kannst du die unsichtbaren Tiere sehen«, erkläre ich ihr, obwohl sie das eigentlich schon weiß. Auf diese Weise habe ich ihr auch schon mal Dieter gezeigt, damit sie mich nicht für verrückt hält, weil ich scheinbar ständig mit mir selber rede.

Kati probiert es auch gleich aus. Sie bläst ganz sachte, aber dafür ausdauernd in die Pfeife, sodass ein ganz dünner, lang gezogener Pfeifton entsteht. So sieht auch sie all die Tiere, die Leon, Anna und ich sowieso schon sehen.

Aus dem Supermarkt kommt gerade eine alte Frau, die einen uralten Löwen an ihrer Seite hat, und vor dem Kino wartet ein junges Mädchen, das von einer Antilope begleitet wird. Außerdem gibt es noch einen Geschäftsmann mit einem Krokodil, einen Jungen mit einem Schimpansen und eine Frau im Rollstuhl, neben dem ein Zebra her trottet. Zuerst denke ich, es ist Mathilde. Aber dann erkenne ich, dass die Streifen ganz anders aussehen als bei dem Zebra meiner Schwester.

»Das ist ja besser als im Zoo! Das Krokodil und der Schimpanse sehen echt cool aus«, ruft Kati begeistert, ohne die Pfeife aus dem Mund zu nehmen.

»Sind wir etwa nicht cool!«, entgegnet Dieter beleidigt.

»Wir sind mindestens genauso cool. Wir sind sogar noch cooler als cool«, ergänzt Jasper.

»Genau, wir sind eisgletschercool«, bestätigt Dieter, und wenn das so weitergeht, werden die beiden noch ganz dicke Freunde.

»Die Allerallercoolsten«, mischt sich auch Paula ein, doch weil Annas Faultier genauso langsam spricht, wie es sich bewegt, dauert es eine Weile, bis sie das lange Wort ausgesprochen hat.

»Ihr seid schon in Ordnung«, sagt Kati, die unsere Tiere wegen des Pfeiftons jetzt auch hören kann. »Ihr alle drei.«

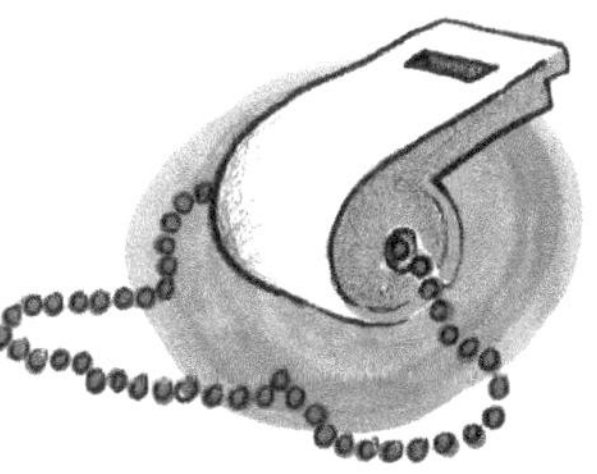

9. Gorillas hinter Gardinen

Das Verteilen der Suchmeldungen ist dann aber gar nicht so leicht, wie wir uns das vorgestellt haben. Die meisten Menschen rennen einfach an uns vorbei, ohne uns überhaupt zu beachten. Wahrscheinlich denken die alle, wir würden Werbung verteilen, und das ist ja auch oft so in der Stadt, dass an jeder Ecke Menschen mit Zetteln stehen, mit denen sie irgendwas verkaufen wollen.

Andere wiederum nehmen uns die Blätter zwar aus der Hand, werfen sie aber kurz danach in den nächsten Papierkorb, ohne auch nur einen Blick darauf geworfen zu haben.

»Dem Nächsten, der einen unserer Zettel wegwirft, verpasse ich eine Duftdusche«, knurrt Dieter sauer.

»Und ich, ich beiße den in den Po«, ruft Jasper.

»Da kommst du doch gar nicht ran, du Zwergratte«, sagt Dieter und lacht.

»Klar, komme ich da ran, du … du …« Jasper fällt scheinbar kein Schimpfwort ein, mit dem er sich rächen kann. Dann aber doch. »Du alte, gestreifte Socke.«

Sofort stürzt sich Dieter auf Leons Ratte. Die zwei balgen sich auf dem Boden. Ein paar von den Menschen mit Begleitern bleiben stehen und schauen belustigt zu, wie die beiden sich prügeln. Leon, Anna, Kati und ich nutzen die günstige Gelegenheit und drücken ihnen unsere Suchmeldungen in die Hand. Wenn die Leute stehen bleiben, ist das viel einfacher, als wenn sie eilig an einem vorbeihetzen. Einige lesen das Blatt sogar, aber ein Zebra wie Mathilde hat keiner gesehen.

»Mir ist kotzübel!«, sagt Kati plötzlich.

»Hast du heute Mittag was Schlechtes gegessen?«, frage ich besorgt.

»Nein, das kommt bestimmt davon, dass ich die ganze Zeit in diese Pfeife blase«, erklärt Kati, und erst jetzt bemerke ich, dass sie wirklich ganz grün im Gesicht ist.

Das kenne ich. Im Kunstunterricht mussten wir mal die Farbe auf unserem Zeichenblock mit Strohhalmen statt mit Pinseln über das Papier verteilen. Danach war mir auch ganz schlecht vom vielen Pusten.

»Hast du dein kleines Kätzchen verloren?« Eine Oma steht vor Kati und nimmt ihr eines der Blätter aus der Hand. Sie hat keinen Begleiter, und deswegen kann sie auch

Dieter und Jasper nicht sehen, die sich immer noch auf der Erde wälzen. Wahrscheinlich hat sie sich schon gewundert, warum sich da schon ein richtiger kleiner Menschenauflauf gebildet hat, obwohl es gar nichts zu sehen gibt. Zumindest nicht für sie.

»Ein Zebra?!«, ruft die Oma, als sie den Zettel zu Ende gelesen hat. »Wollt ihr mich verkackeiern?«

Die Frau sieht richtig sauer aus, weil sie denkt, dass wir uns einen Spaß mit ihr erlauben. Sie hebt sogar ihren Rollator in die Höhe und fuchtelt damit drohend in der Luft herum.

Dieter und Jasper kriegen davon gar nichts mit, weil sie sich immer noch auf dem Boden wälzen. Und Kati, Leon und ich sind viel zu überrascht, um zu antworten, während die Umstehenden und ihre Begleiter uns amüsiert beobachten. Für einen Moment haben sie sogar das Interesse an der Schlägerei zwischen dem Stinktier und der Ratte verloren und wollen lieber wissen, ob uns schnell eine gute Ausrede einfällt.

»Zirkus.« Es ist Anna, die das sagt, und das ist die beste Antwort überhaupt.

»Genau, wir sind vom Zirkus, und das Zebra ist uns abgehauen«, ergänze ich schnell.

»Unser Zelt steht im Nachbarort«, sagt Leon. »Aber da haben wir schon gesucht.«

»Und deswegen dachten wir, dass wir hier nach ihm fragen«, schiebt Kati noch schnell hinterher.

»Warum sagt ihr das denn nicht gleich?« Die Oma lässt ihren Rollator sinken. »Ich habe noch nie ein Zebra gesehen, noch nicht mal im Zoo oder im Zirkus. Was glotzen die hier eigentlich alle so auf den Boden?«

»Keine Ahnung«, erwidere ich, und Leon und Kati zucken mit den Schultern, als wüssten sie es auch nicht. Nicht mal Anna fällt dazu eine gute Antwort ein und die anderen Leute sagen natürlich auch nichts.

Die Oma tippt sich mit ihrem Finger an die Stirn und geht weiter. Kaum ist sie ein paar Meter weg, zerknüllt sie unseren Zettel und wirft ihn in die nächste Mülltonne. Leider genau in dem Moment, als Dieter und Jasper eine kurze Pause machen. Deswegen haben das beide beobachtet, und scheinbar erinnern sie sich noch gut daran, was sie vorhin angekündigt hatten.

Jasper rast los, springt in die Höhe und beißt der alten Dame in den Hintern. Dieter dreht ihr den Po zu. Kurz darauf ist wieder dieses Sprühdosengeräusch zu hören. Dreißig Sekunden später ist der Marktplatz menschenleer, weil alle vor Dieters Stinkwolke geflohen sind. Auch die Oma ist weg und zwar erstaunlich schnell, wo sie doch den Rollator zum Gehen braucht.

»Ich habe doch gesagt, dass ich da rankomme«, erklärt Jasper stolz, als wir kurz darauf alle zusammen in einer Seitengasse stehen.

»Respekt«, murmelt Paula, und auch Dieter nickt anerkennend.

Leon ist nicht so begeistert, weil Jasper der Einzige von uns war, der genau in Dieters Sprühwolke geraten ist und jetzt ganz entsetzlich stinkt.

»Du riechst wie ein vergammelter Käse.« Leon hält sich die Nase zu, als Jasper zu ihm auf die Schulter klettert.

»Das ist mein Lieblingsgeruch«, brummt Dieter.

»Da bist du der Einzige«, sage ich. »Das hast du echt toll gemacht!«

»Nicht wahr? Das war hammermäßig von mir!« Dieter strahlt mich stolz an, dann fügt er großzügig hinzu: »Aber die Ratte war auch nicht übel.«

»Das war ironisch gemeint!«, erkläre ich ihm. »Wem sollen wir denn unsere Zettel geben, wenn keiner mehr da ist, weil du alle mit deiner Stinkattacke vertrieben hast.«

In dem Augenblick klingelt Leons Smartphone. Ich hatte gar nicht gewusst, dass er eines besitzt. Ich hatte mir auch ein Handy zu meinem zehnten Geburtstag gewünscht, aber natürlich habe ich keins bekommen. Stattdessen saß damals Dieter auf meiner Bettdecke.

Da fällt mir wieder ein, dass Leon ja heute auch Geburtstag hat.

Am Apparat ist seine Mutter. Während Leon mit ihr telefoniert, stoße ich Kati und Anna an.

»Leon hat heute Geburtstag«, flüstere ich. »Er will aber nicht, dass jemand das weiß. Ich finde, wir sollten ihm trotzdem gratulieren, auch wenn wir kein Geschenk für ihn haben.«

Anna und Kati nicken nur, und das kann ja nur heißen, sie finden das auch.

»Meine Mutter will, dass ich nach Hause komme«, sagt Leon, als er aufgelegt hat. »Damit mich meine Eltern noch kurz sehen, bevor sie ins Konzert gehen. Ich muss los, sonst schaffe ich es nicht mehr, Jasper noch vorher abzuduschen.«

Kati, Anna und ich sehen uns an, dann rufen wir alle gleichzeitig: »Herzlichen Glückwunsch zum Geburtstag!«

Sogar Paula und Dieter brüllen mit. Nur Jasper sagt kein Wort. Ich schätze, er mag duschen genauso wenig wie mein Stinktier.

»Ich hatte dir doch gesagt, du sollst das keinem verraten«, sagt Leon. Dabei kann ich genau sehen, wie er sich freut.

»Wir haben leider kein Geschenk«, bemerkt Kati.

»Sorry«, sagt Anna.

»Macht doch nichts«, erklärt Leon und strahlt. »Ihr seid doch mein Geschenk! So gute Freunde wie euch hatte ich noch nie.«

Jetzt sind wir es, die gerührt sind. Alle bis auf Dieter.

»Kein Wunder, ich bin ja auch dabei. Einen besseren Freund als mich findest du auf der ganzen Welt nicht«, prahlt mein Stinktier.

»Das wollen wir erst mal sehen!« Jasper klettert von Leons Schulter zurück auf den Boden und hält seine Pfoten in die Höhe, als wolle er Dieter zu einem Boxkampf auffordern.

»Ich gehe dann mal besser, bevor sich die beiden wieder in die Haare kriegen.« Leon nimmt Jasper hoch und winkt uns zum Abschied.

Als er schon ein paar Meter gelaufen ist, höre ich die Ratte rufen: »Da hat das eingebildete Stinktier aber noch mal Glück gehabt. Aus dem hätte ich Hackfleisch gemacht.«

»Ich muss auch«, sagt Anna, während Dieter so tut, als hätte er Jasper gar nicht gehört.

»Wir sehen uns dann morgen«, rufe ich ihr nach. »Vielleicht hat bis dahin ja schon jemand wegen der Zettel angerufen.«

»Vielleicht«, antwortet Anna und geht mit Paula davon. Das schaut bei ihr immer ein bisschen komisch aus, weil das Faultier an ihrem rechten Arm hängt und sie deswegen aussieht, als würde sie gleich zur Seite kippen.

Kati und ich gehen auch nach Hause. Unterwegs sage ich ihr immer, wenn uns jemand mit einem besonderen Begleiter entgegenkommt. Einmal ist es ein Wasserbüffel und ein anderes Mal ein Nashorn. Kati bläst dann in die hellblaue Pfeife, um das Tier auch sehen zu können. Aber immer nur ganz kurz und auch nur ganz selten, damit ihr nicht wieder schlecht wird.

»Da vorne ist ein Bernhardiner!«, rufe ich.

»Der ist echt, den sehe ich auch so«, erwidert Kati.

Dieter lacht, und ich schäme mich ein bisschen, weil ich einen unsichtbaren Begleiter nicht von einem normalen Hund unterscheiden kann.

»Schön ist er trotzdem«, sagt Kati, und wir laufen schnell hin, um den riesigen Hund zu streicheln.

»Beißt der?«, frage ich den Mann, der die Leine des Bernhardiners hält.

»Nein, der ist ganz brav. Er heißt Karl«, antwortet Karls Besitzer.

Der Hund ist so groß, dass wir nicht mal in die Knie gehen müssen, um ihm über den Rücken zu streichen.

Dieter hockt schmollend daneben und starrt in die andere Richtung, weil er eifersüchtig ist. Oder weil da drüben eine Bäckerei ist und in der Auslage hinter der Schaufensterscheibe Rosinenschnecken liegen.

In dem Moment fährt ein Wagen schnell an uns vorbei. Es ist aber kein gewöhnliches Auto, sondern ein schwarzer Leichenwagen. Der Wagen ist schon ziemlich alt, ein richtiger Leichenwagen-Oldtimer ist das. Als er genau in unserer Höhe ist, bewegen sich die schwarzen Gardinen, die vor den Scheiben hängen. Ich erschrecke mich fürchterlich, weil da ja sonst nur Tote transportiert werden, und die können die

Gardinen ja nicht zur Seite schieben. Höchstens als Geister oder Gespenster oder so. Aber es sind keine Geister, die hinter der Scheibe auftauchen, sondern drei Gorillas, die mit ihren Fäusten gegen die Scheibe trommeln. Sie sehen nicht so aus, als würden sie da freiwillig drinsitzen, und ich bin mir ziemlich sicher, dass es dieselben Gorillas sind, gegen die Kati und ich Basketball gespielt haben. Auf dem Wagen ist hinten ein Aufkleber drauf. Der wirbt für einen Vergnügungspark in der Nähe, der aber schon vor Jahren zugemacht hat. Das finde ich komisch, weil auf Leichenwagen doch eher selten Werbeaufkleber zu sehen sind. Vor allem nicht für Vergnügungsparks!

Dann ist das Auto auch schon an uns vorbeigerast und hinter der nächsten Kurve verschwunden.

»Ich glaube, da hat gerade jemand die drei Gorillas entführt«, sage ich.

Der Mann mit dem Bernhardiner schaut mich an, als wäre ich verrückt geworden, dann zieht er seinen Hund an der Leine schnell weiter.

»Wo?«, fragt Kati.

»Na, in dem Leichenwagen, der hier gerade vorbeigefahren ist«, erkläre ich.

»Habe ich gar nicht gesehen«, sagt Kati. »Ich habe die ganze Zeit den Hund gestreichelt.«

LAUNE PARK

»Und du? Hast du den etwa auch nicht gesehen?«, frage ich Dieter, der immer noch die Auslage der Bäckerei anstarrt.

»Nein, nur so einen Schatten hinter dem Lenkrad. Der hat sich hier in der Scheibe gespiegelt. Kriege ich nun eine Rosinenschnecke? Oder besser noch zwei oder drei?! Jetzt wo dieser sabbernde Flohtransporter weg ist, könntest du dich ja wieder ein bisschen um mich kümmern und dein Versprechen einlösen. Ich habe nämlich Hunger!«

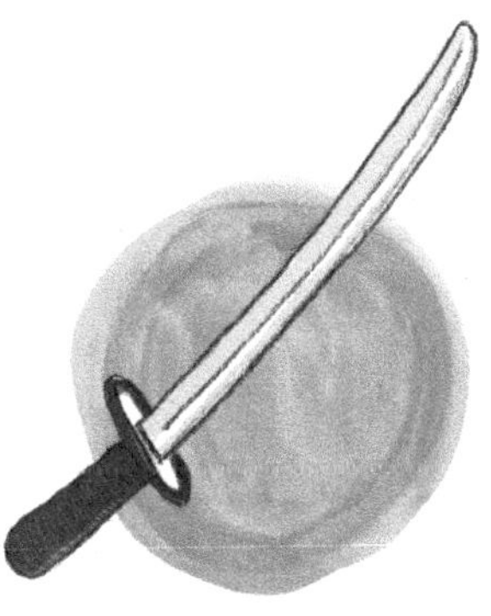

1Ø. Viele Fragen und ein paar Antworten

»Ich muss jetzt auch nach Hause«, sagt Kati. »Wir sehen uns dann morgen in der Schule. Und sei nicht traurig, dass das mit den Zetteln nicht so gut geklappt hat.«

»Vielleicht ruft ja doch jemand an«, erwidere ich, obwohl ich selber nicht so recht daran glaube.

»Ja, vielleicht.« Kati umarmt mich zum Abschied und läuft dann den Bürgersteig entlang.

Damit Dieter endlich Ruhe gibt und weil ich es ihm ja auch versprochen habe, gehe ich in die Bäckerei und kaufe von meinem Taschengeld eine Rosinenschnecke und gleich noch eine zweite für meine Schwester. Für mich kaufe ich nichts. Ich habe keinen Hunger. Bei mir ist das nämlich so, dass in meinem Kopf und Magen immer nur Platz für eine einzige Sache ist. Entweder ich habe Hunger oder ich denke. Jetzt muss ich nachdenken, was es mit den Gorillas in dem Leichenwagen mit dem komischen Aufkleber auf sich hat.

»Wieso hast du mir nur zwei Rosinenschnecken mitgebracht?«, fragt Dieter, als ich mit der Tüte in der Hand aus der Bäckerei komme.

»Ich habe dir sogar nur eine mitgebracht«, antworte ich. »Die andere ist für Nora. Ich möchte ihr eine Freude machen. Und du bist sowieso schon viel zu dick. Wenn du weiter so viel futterst, kann ich dich bald nicht mehr tragen und dann musst du zu Fuß laufen. Willst du das?«

»Du könntest dir einen Puppenwagen anschaffen«, schlägt Dieter vor. »Einen mit ganz vielen weichen Kissen drin. Das wäre auch viel bequemer als auf deinem Arm.«

»Klar, und die Leute würden mich blöd anstarren, weil ich einen leeren Puppenwagen vor mir herschiebe«, erwidere ich.

»Du könntest ja noch eine Puppe reinlegen.«

»Ich bin ZEHN! Ich fahr doch keine Puppen mehr durch die Gegend«, erwidere ich.

»Dann musst du mich eben weitertragen«, brummt Dieter und klettert an meinem Bein hoch, um es sich auf meinem Arm bequem zu machen und dort seine Rosinenschnecke zu futtern.

Während des ganzen Nachhausewegs habe ich das Bild von den drei Gorillas im Kopf, die gegen die Scheibe getrommelt haben. Die sahen wirklich nicht so aus, als wären sie da freiwillig mitgefahren. Außerdem hatte die Familie der Drillinge ja auch einen roten Kleinbus und keinen schwarzen Leichenwagen.

Andererseits könnte das alles auch ganz harmlos sein. Vielleicht betreiben die Eltern der Drillinge ein Bestattungsunternehmen. Das würde den Leichenwagen erklären. Aber mir wird schlagartig klar, dass dann ja die Drillinge auch hinten in dem Auto hätten sitzen müssen. Die können ja nicht weiter als fünf Meter von ihren Gorillas weg. Doch von den Mädchen hatte ich nichts gesehen und überhaupt: Wer fährt schon freiwillig in einem Leichenwagen mit?

Niemand! Und das heißt dann ja wohl, dass die Mädchen nicht in der Nähe ihrer Tiere waren und das wiederum kann nur bedeuten ...

»Das war der Entführer!«, rufe ich laut.

»Was denn für ein Entführer?«, fragt Dieter schmatzend.

»Na, der Fahrer des Leichenwagens.«

»Ich habe nur einen Schatten gesehen«, sagt Dieter und knabbert an seiner Rosinenschnecke.

Und plötzlich passt alles zusammen!

Der Schatten, von dem Jessica gesprochen hat, und das plötzliche Verschwinden der Tiere. Die sind gar nicht weggelaufen, die sind entführt worden! Von dem Fahrer des Leichenwagens!

»Aber warum sollte er das tun?«, fragt Dieter, als ich ihm alles erklärt habe.

»Ja, weil ... weil ... keine Ahnung«, antworte ich.

»Und außerdem hast du keinerlei Beweise«, fährt Dieter fort. »Und selbst wenn, weißt du immer noch nicht, wo er Mathilde und die anderen hingebracht hat. Und vor allem: Wie hat der die Verbindung zwischen ihnen und ihren Menschen gekappt. Vielleicht haben die Eltern der Drillinge ja wirklich ein Bestattungsunternehmen. Dann ist so ein Leichenwagen für die was völlig Normales. Wahrscheinlich saßen die drei Mädels auch da hinten drinnen mit ihren doofen Riesenaffen. Für mich klingt deine Entführungstheorie nach dem größten Blödsinn, den ich jemals gehört habe, und ich habe schon einiges von dir an Blödsinn gehört, Frolleinchen.«

Manchmal denkt man, dass man gerade die perfekte Lösung gefunden hat, und dann kommt jemand, und stellt Fragen. Und plötzlich ist die perfekte Lösung gar nicht mehr so perfekt, wie man gedacht hat. Bis gerade eben dachte ich noch, ich hätte die Lösung für das Verschwinden von Noras Zebra und Jessicas Einhorn gefunden. Jetzt bin ich mir da nicht mehr so sicher und habe nichts mehr außer einem Haufen Fragen, für die ich keine Antworten habe. Noch nicht mal falsche.

»Was machst du da eigentlich die ganze Zeit?«, frage ich Dieter, weil er mit seinen Krallen die Rosinen aus der Rosinenschnecke puhlt und auf den Bürgersteig fallen lässt. »Ich dachte, du liebst Rosinenschnecken?«

»Tu ich ja auch«, erwidert das Stinktier. »Ich mag nur keine Rosinen. Willst du welche?«

»Nein, danke«, erwidere ich, obwohl ich jetzt doch Hunger habe.

Mein Kopf ist vom vielen Denken ganz leer, und das bedeutet, dass da jetzt wieder Platz für etwas anderes ist. Hunger zum Beispiel. Für einen Moment überlege ich, ob ich die Rosinenschnecke essen soll, die ich Nora gekauft habe. Aber das wäre nicht besonders nett, obwohl sie es ja nie erfahren würde. Dieter hätte bestimmt keine Bedenken, der würde die zweite Rosinenschnecke sofort verputzen. Aber ich warte lieber noch etwas. Wir sind ja schon fast zu Hause, da kann ich mir in der Küche gleich einen leckeren Joghurt mit frischen Früchten machen.

»Wir haben Besuch«, begrüßt mich meine Mutter.

Aber diesmal ist es nicht Louis, sondern meine Oma. Das weiß ich, weil Gertrud, Omas Giraffe, bei uns im Garten steht und sich Blätter von unserem Kirschbaum pflückt. Wenn Mama das sehen könnte, würde sie total ausflippen.

Sie liebt ihren Kirschbaum über alles und ist schon sauer, wenn die Amseln ein paar von den Früchten anpicken. Dabei hängt der Baum jeden Sommer so voll, dass wir es gar nicht schaffen, innerhalb eines Jahres die ganze Marmelade zu essen, die Mama aus den Kirschen kocht. Zumindest galt das für die Zeit, bevor Dieter da war. Jetzt reicht sie bestimmt nicht mal bis Silvester.

»Wo ist Oma denn?«, frage ich, weil ich mich immer freue, wenn meine Großmutter uns besucht.

»Oben bei Nora«, antwortet Mama.

»Geht es Nora besser?«, erkundige ich mich.

»Ein bisschen, glaube ich. Aber genau weiß ich es nicht, sie spricht kaum ein Wort«, sagt Mama. »Vielleicht kriegt Oma was aus ihr raus. «

»Ich habe Nora eine Rosinenschnecke mitgebracht.« Ich halte Mama die Papiertüte hin.

»Das ist nett von dir Zora.« Mama lächelt mich an und streicht mir über die Haare. »Aber ich glaube nicht, dass sie die essen wird. Sie hat seit gestern so gut wie nichts zu sich genommen. Ich mache mir wirklich Sorgen um sie.«

»Dann kann ich die ja haben.« Dieter hockt auf dem Fußboden und springt in die Höhe, um die Tüte zu erwischen. Ich muss sie richtig hoch halten, damit er da nicht rankommt.

»Wir können auch teilen!«, schlägt Dieter großzügig vor. »Du kriegst die Rosinen und ich die Schnecke.«

Ich antworte ihm nicht, sondern lege meinen freien Arm um Mamas Rücken. Ich habe das Gefühl, dass sie das jetzt ganz furchtbar nötig hat, und Papa ist ja nicht da, um sie in den Arm zu nehmen. Mama drückt mich fest an sich, und so bleiben wir ein paar Minuten schweigend stehen, während Dieter weiter um mich herumhopst, um an die Rosinenschnecke zu kommen.

»Ich geh dann mal nach oben, Oma ablösen«, sagt Mama, als wir uns wieder voneinander lösen. Dabei wischt sie sich eine Träne aus den Augen, aber ganz unauffällig, damit ich das nicht sehe. Aber ich merke das natürlich trotzdem.

Mama geht die Treppe zu Nora rauf und ich in die Küche. Aus der Obstschale nehme ich mir eine Banane, einen Apfel und eine Kiwi.

»Was machst du da?«, fragt Dieter.

»Einen Obstsalat, und dann mische ich später noch etwas Joghurt dazu«, antworte ich.

»IHHH! So etwas scheußlich Gesundes kann doch kein Stinktier essen.« Dieter tut so, als müsste er sich übergeben. »Ich mache dir einen Vorschlag. Du kriegst die Rosinen aus der Rosinenschnecke für deinen Obstmatsch, und ich esse den Rest. Ist das nicht ein faires Angebot?«

»Meinetwegen«, sage ich, während ich das Obst in kleine Stücke schneide. »Aber die Rosinen kannst du behalten.«

»Dann gebe ich sie Gertrud«, verkündet Dieter und klettert auf die Spüle. »Die Giraffe frisst die bestimmt. Die frisst ja auch Blätter.«

Dieter schnappt sich die Tüte mit der Rosinenschnecke und springt durch das offene Küchenfenster nach draußen zu Omas Giraffe. Obwohl er so fett ist, kann er ziemlich gut klettern und springen. Aber nur, wenn er will. Meistens will er nicht.

»Wo ist Dieter?«, fragt Oma, als sie zu mir in die Küche kommt.

»Draußen bei Gertrud«, antworte ich. »Möchtest du auch was von meinem Fruchtjoghurt?«

»Gerne, der sieht lecker aus.«

Oma setzt sich an den Tisch und ich hole zwei Schälchen aus dem Schrank. Dann essen wir.

»Hast du eigentlich schon mal gehört, dass sich ein Mensch und sein Begleiter trennen?«, will ich wissen, während wir unseren Joghurt löffeln.

»Ja, aber das kommt nur ganz, ganz selten vor«, antwortet Oma. »Wenn das Tier und der Mensch absolut nicht zusammenpassen, kann sich das Tier einen neuen Menschen suchen.«

»Und umgekehrt geht das nicht?«, frage ich.

»So schlimm ist dein Stinktier doch nun auch wieder nicht, oder?«, antwortet Oma. »Man gewöhnt sich an alles, glaube mir, Zora.«

»Dieter meine ich doch gar nicht.«

»Das will ich aber auch sehr hoffen, Frolleinchen.« Mein Stinktier hockt auf der Fensterbank und streckt eine Pfote aus, in der etwa zwanzig Rosinen liegen. »Möchte die jemand für seinen Joghurt haben? Gertrud mag die auch nicht. Die Langhälsin sagt, sie isst nichts, was ich mit meinen dreckigen Pfoten angefasst habe.«

»Nein, danke«, erwidern Oma und ich gleichzeitig.

»Ich meinte, ob jemand anderes die Verbindung zwischen Mensch und Tier kappen kann?«, erkläre ich Oma.

»Also ein Dritter, ein Fremder, der nichts mit den beiden zu tun hat?«, fragt sie.

Ich nicke und Oma denkt nach.

»Zora spinnt!«, ruft Dieter von der Fensterbank. »Die bildet sich sogar Gorillas ein, die in einem Leichenwagen spazieren fahren.«

»Nicht spazieren fahren«, korrigiere ich Dieter. »Die wurden in dem Leichenwagen entführt.«

»Es gab da mal so eine Geschichte ... ist aber schon lange her ... und ich weiß auch gar nicht, ob sie stimmt«, fängt Oma plötzlich an zu erzählen.

»Was denn für eine Geschichte?«, dränge ich sie, weil Oma eine lange, sehr lange Pause macht.

»Die hat mir mein Großvater erzählt«, fährt Oma fort. »Vor langer Zeit gab es wohl mal ein magisches Schwert, so eine Art Samurai-Schwert, wie es die Japanischen Krieger benutzen. Das soll in der Lage gewesen sein, das Band zwischen einem Menschen und seinem Begleiter zu durchtrennen.«

»So ein Blödsinn«, brummt Dieter dazwischen.

»Der Schmied, der es geschmiedet hat, soll von seinem

Stinktier so genervt gewesen sein, dass er nach einem Weg gesucht hat, es loszuwerden.« Oma zwinkert mir verschwörerisch zu und ich zwinkere zurück.

»Ich habe doch gesagt, dass das totaler Blödsinn ist«, mault Dieter, der unser Zwinkern nicht bemerkt hat.

»Das mit dem Stinktier vielleicht schon«, sagt Oma und lächelt Dieter zu. »Aber das mit dem Schwert soll wahr sein. Zumindest hat mir mein Großvater das genau so erzählt, als ich noch ein kleines Mädchen war.«

»Wer glaubt denn so was?!« Dieter kichert.

»Der Stock!«, rufe ich, denn plötzlich macht alles doch wieder Sinn. Der Stock, den Jessica gesehen hat und von dem sie gedacht hat, sie hätte ihn nur geträumt, war gar kein Stock. Das war das Schwert aus der Geschichte von Omas Großvater. Das, mit dem man die Verbindung zwischen Mensch und Begleiter trennen kann. Der Schatten und der Stock, alles passt perfekt, das findet auch Oma, nachdem ich ihr erzählt habe, was Jessica mir erzählt hat.

»Aber wo sind die Tiere jetzt?«, fragt Oma.

Ich zucke mit den Schultern, weil ich auf ihre Frage keine Antwort weiß.

11. Ein Tipp am Telefon

Papa weiß die Antwort auch nicht. Wie jeden Abend kommt er an mein Bett, um mir Gute Nacht zu wünschen.

»Wie geht es Nora?«, frage ich, weil er vorher noch nach ihr geschaut hat.

»Besser«, sagt Papa. »Aber nicht viel. Ich möchte mir gar nicht vorstellen, wie es mir ginge, wenn Lasse plötzlich weg wäre.«

»Mathilde ist ja nicht weg, die ist nur woanders. Die wurde entführt«, erkläre ich und erzähle ihm die ganze Geschichte von dem Schatten, dem Schwert und dem Leichenwagen mit den Gorillas hinten drin.

»Das soll mal einer probieren, mich zu entführen.« Lasse stellt sich auf seine Hinterbeine und trommelt mit den Vorderpfoten auf seine weiße Brust. Das sieht ziemlich beeindruckend aus, auch wenn er dabei den Kopf einziehen muss, weil meine Zimmerdecke für ihn zu niedrig ist.

»Alter Angeber«, brummt Dieter, der es sich auf meinem Bett zu meinen Füßen bequem gemacht hat. »Groß wie ein Eisberg und so klug wie ein Eiswürfel.«

Papa muss Lasse an seinem weißen Fell festhalten, damit er sich nicht auf Dieter stürzt. Erst als sich sein Eisbär wieder etwas beruhigt hat, sagt Papa zu mir: »Vergiss die Sache mit dem Schwert. Das sind doch nur alte Gruselmärchen, die man Kindern erzählt, die nicht ins Bett gehen wollen. Das ist so was wie der wilde Watz, den gibt es ja auch nicht.«

»Meine Rede!«, mischt sich Dieter ein.

»Und was ist mit den Gorillas in dem Leichenwagen? Und Mathilde und Jessicas Einhorn sind doch wirklich verschwunden«, beharre ich.

»Dafür gibt es bestimmt eine logische Erklärung«, erwidert Papa, und das finde ich komisch, weil das mit den unsichtbaren Begleitern ja auch nicht unbedingt logisch ist. Und ich mir auch gar nicht sicher bin, ob es den wilden Watz nicht vielleicht doch gibt. Dieter gibt es ja schließlich auch, obwohl den nicht jeder sehen kann.

»Und was für eine Erklärung soll das sein?«, will ich von Papa wissen.

»Das sag ich dir, wenn ich sie weiß, und jetzt träum was Schönes.« Papa gibt mir einen Kuss und Lasse winkt mir zu.

»Soll ich noch mal zu Nora rübergehen?«, rufe ich den beiden nach.

»Besser nicht, sie schläft schon«, antwortet Papa.

Dann verlassen sie mein Zimmer und gehen die Treppe zu Mama runter, die im Wohnzimmer sitzt.

»Weißt du eigentlich, wie man angelt?«, frage ich Dieter, als ich Papas Schritte auf den Stufen nicht mehr hören kann.

»Ich bin ja nicht doof«, erwidert Dieter. »Da hockt man am Ufer und wartet stundenlang, bis ein Fisch anbeißt. Total öde, wenn du mich fragst. Außerdem mag ich Fisch nur als Fischstäbchen und die gibt es zum Glück ja im Supermarkt.«

»Aber was ist das Wichtigste beim Angeln?«, lasse ich nicht locker.

»Eine Angel, natürlich«, antwortet Dieter.

»Und was noch?«

»Einen Haken und eine Schnur.«

»Ja schon, aber noch was anderes.«

»Genug zu essen, damit man beim Angeln nicht verhungert.«

»Und?«

»Ein Radio, damit man sich nicht so langweilt.«

»Das meine ich nicht!«

»Einen Sessel, um bequem sitzen zu können.«

»Nein, einen Köder. Zum Angeln braucht man einen Köder.«

Ich schaue Dieter lange an, aber er braucht trotzdem eine halbe Ewigkeit, bis er kapiert, was ich meine.

»Das kannst du komplett vergessen«, knurrt Dieter.

»Aber vielleicht schnappen wir den Entführer mit dem Schwert, wenn du den Köder spielst. Du schläfst heute Nacht einfach draußen auf dem Flur«, erkläre ich Dieter den Plan, den ich mir nach Omas Besuch überlegt habe. »Wir präsentieren dich dem gemeinen Räuber auf einem goldenen Tablett.«

»Du hast gar kein goldenes Tablett«, brummt Dieter, der von meiner tollen Idee überhaupt nicht begeistert zu sein scheint.

»Das sagt man doch nur so«, erwidere ich. »Dir kann gar nichts passieren. Ich passe ja auf dich auf.«

»Vergiss es.« Dieter robbt auf der Bettdecke von meinen Füßen zu meinem Bauch rauf und kuschelt sich in meine Armbeuge.

»Ich dachte, du glaubst sowieso nicht an meine Entführer-Theorie«, erinnere ich ihn.

»Tu ich auch nicht.«

»Was kann dir denn dann passieren?«

Dieter antwortet nicht, sondern kriecht unter die Decke, so als wollte er sich dort verstecken.

Ich glaube, er hat doch ein bisschen Angst vor dem Entführer und dem Schwert. Aber das würde er natürlich niemals zugeben. Wahrscheinlich ist das mit dem Köder sowieso keine so gute Idee. Was sollte ich denn auch tun, wenn der Entführer tatsächlich auftauchen und mein Stinktier mitnehmen würde? Der wäre ja bestimmt viel stärker als ich, und wahrscheinlich hätte ich dann auch ganz viel Angst und würde mich unter der Decke verkriechen, statt Dieter zu retten.

Jetzt tut es mir leid, dass ich das überhaupt vorgeschlagen habe. Um es wiedergutzumachen, kraule ich Dieters weiches Fell. Kurz darauf fängt er an zu schnarchen.

Ich kann nicht schlafen, weil ich Angst habe, dass der Entführer durch das Fenster in mein Zimmer steigt und Dieter klaut. Immer, wenn sich eine Wolke vor den Mond schiebt, zucke ich zusammen, weil ich glaube, jetzt kommt er. Aber ohne Wolken ist es auch nicht besser. Da scheint der Mond direkt in mein Zimmer, und weil vor dem Fenster Bäume stehen, wirft das Licht Schatten an meine Wand. Die Zweige und Äste sehen aus wie Finger, die nach mir greifen, und bei ein paar von denen könnte man fast glauben, sie hätten einen Stock in der Hand, der aussieht wie

eines dieser Schwerter, mit denen die japanischen Samurai-Krieger kämpfen. Irgendwann verkrieche ich mich mit Dieter unter der Bettdecke und drücke ihn ganz fest an mich. Ich muss ja auf ihn aufpassen, damit die Schatten an der Wand ihn nicht kriegen. Und er auf mich.

Am nächsten Morgen bin ich furchtbar müde, weil ich die ganze Nacht kein Auge zugemacht habe. Immer, wenn ich mich getraut habe, die Bettdecke ein bisschen zu lüpfen, waren die unheimlichen Schatten wieder da. Und unter der Decke war es auch nicht viel besser, weil es da ein bisschen gestunken hat. Es ist ja schon wieder einige Zeit her, dass ich Dieter gebadet habe, und die Luft unter so einer Bettdecke ist ja auch so schon nicht die beste.

»Guten Morgen, mein Schatz!« Mama gibt mir einen Kuss, als ich in die Küche komme.

»Wie geht es Nora?«, frage ich, aber ich ahne die Antwort schon, weil sie nicht am Frühstückstisch sitzt.

»Leider immer noch nicht viel besser«, antwortet Mama. »Hast du wenigstens gut geschlafen?«

»Geht so«, murmele ich.

»Ich habe ganz fabelhaft gepennt.« Dieter streckt seine vier Beine von sich. »Ich könnte Bäume ausreißen! So ganz, ganz große!«

Bei mir würde es höchstens für Grashalme reichen, so schlapp fühle ich mich nach der durchwachten Nacht.

»Gestern hat übrigens jemand für dich angerufen«, sagt Mama, während sie mir ein Glas Orangensaft einschenkt. »Ich habe ganz vergessen, dir Bescheid zu sagen, wegen der ganzen Aufregung um Nora.«

Ich werde ganz kribbelig, weil ich mir fast ganz sicher bin, dass es Leon war, der angerufen hat.

»Du wirst rot wie ein Pavianhintern«, sagt Dieter und kichert.

Ich beachte Dieters blöde Bemerkung gar nicht, sondern frage Mama: »Wer war es denn? Kati?«

Dabei versuche ich so zu klingen, als wenn mich das überhaupt nicht groß interessieren würde.

»Keine Ahnung. Es war eine Frau. Sie hat keinen Namen genannt, aber ziemlich viel Unsinn geredet«, erklärt Mama. »Sie hat was von einem Zebra erzählt, das du angeblich auf irgendwelchen Zetteln suchen würdest.«

Mama lacht. Ich lache nicht, spüre aber, wie sich die rote Farbe in meinem Gesicht verändert. Ich bin jetzt nicht mehr verlegen rot, sondern rot vor Aufregung.

»Wer denkt sich denn so einen Quatsch aus?!«, antworte ich. »Hat sie sonst noch was gesagt?«

»Ja, sie hat gesagt, dass du mal bei dem alten, verlassenen Vergnügungspark am Stadtrand vorbeischauen solltest. Der, den sie vor Jahren schon dichtgemacht haben. Dort würdest du fündig werden.« Mama schüttelt den Kopf und lacht wieder. »Spinner gibt es!«

»Vergnügungspark hört sich nach einer Menge Spaß an.« Dieter springt auf meinen Schoß und greift sich das Marmeladenbrot, das Mama mir auf den Teller gelegt hat. »Kirschmarmelade! Ich liebe Kirschmarmelade.«

Zum Glück sieht Mama das nicht, weil sie gerade den Orangensaft zurück in den Kühlschrank stellt. Mich stört es nicht, dass Dieter mein Brot angeknabbert hat. Ich habe sowieso keine Zeit zum Frühstücken, weil ich jetzt Wichtigeres zu erledigen habe. Ich muss dringend den anderen Bescheid sagen, dass wir endlich eine heiße Spur haben, die uns vielleicht direkt zu Mathilde führt.

»Ich muss los«, sage ich und stehe schnell auf. Ich fühle mich plötzlich hellwach und gar nicht mehr müde oder schlapp oder so.

»Aber du bist doch noch gar nicht mit deinem Frühstück fertig.« Mama zeigt auf das angebissene Marmeladenbrot auf meinem Teller und das volle Glas mit dem Orangensaft.

»Genau, wir haben doch noch gar nicht alles aufgegessen«, brummt Dieter.

Ich nehme das Glas und trinke es in einem Zug aus, dann

nehme ich das Brot und sage: »Das esse ich unterwegs. Kati und ich müssen vor der Schule noch was für den Unterricht vorbereiten.«

Bevor Mama nachfragen kann, was genau wir vorbereiten müssen und warum wir das nicht gestern schon gemacht haben, bin ich mit Dieter bereits im Flur und schnappe mir meinen Schulranzen.

»Und wer war die Frau?«, fragt Kati, als ich den anderen vor der Schule von dem Tipp der unbekannten Anruferin erzählt habe.

»Keine Ahnung«, erwidere ich. »Aber sie muss auch ein Tier haben, sonst hätte sie Mathilde ja gar nicht sehen können.«

»Aber es ist streng verboten, das Gelände des alten Vergnügungsparks zu betreten! Was da alles passieren kann! Da sind doch bestimmt überall Löcher im Boden, in die man reinfallen kann«, bemerkt Leon.

»Na und?«, sagt Anna.

»Genau, no risk, no fun.« Jasper turnt auf Leons Schulter herum und scheint sich schon richtig auf den Ausflug zu freuen. »Das wird prima! Gibt es denn auch eine Geisterbahn? Ich liebe Geisterbahnen!«

»Als wenn du dich da reintrauen würdest.« Dieter lacht.

»Klar, traue ich mich!«, widerspricht Jasper.

Dieter lacht noch lauter und die Ratte springt von Leons Schulter direkt auf den Rücken meines Stinktiers. Die beiden wälzen sich auf dem Boden, aber keiner von uns achtet darauf, weil sie das ja ständig tun.

»Meine Mutter hat mal erzählt, dass sie den Park mit ihren Eltern früher ganz oft besucht hat. Aber da war sie noch ein kleines Mädchen«, sagt Kati. »Mittlerweile muss dort alles total verfallen sein, so lange wie der schon dicht ist.«

»Dann ist das doch der ideale Ort, wenn man etwas verstecken will, was nicht jeder sehen soll«, sage ich. »Wir sollten da am Nachmittag unbedingt mal vorbeischauen. Wer ist dabei?«

Dieter und Jasper unterbrechen ihre Schlägerei und recken jeder eine Pfote in die Höhe. Kati streckt ebenfalls die Hand in die Luft und Anna auch. Und weil dabei Paula an Annas Arm mit hochgehoben wird, werte ich das einfach auch mal als Zustimmung ihres Faultiers. Leon ist der Letzte, der zögernd die Hand hebt. Und das auch erst, nachdem ich ihn aufmunternd angelächelt habe.

In diesem Moment erscheint Lili mit ihrem fiesen Fuchs auf dem Schulhof. Die beiden würdigen uns keines Blickes. Aber das überrascht mich nicht besonders. Komisch ist, dass Herr Schwarm uns nicht grüßt. Unser Deutschlehrer sieht ziemlich fertig aus. Ich schaue mich nach seinem Wolf um, kann Rolf aber nirgendwo entdecken. Und das ist mal wieder richtig ungerecht, dass Lilis Fuchs noch da, aber Herr Schwarms Wolf weg ist. Denn man muss nicht so gut in Mathe sein, wie Leon oder Dieter, um eins und eins zusammenzuzählen. Der Enführer hat wieder zugeschlagen.

Es wird höchste Zeit, dass Kati, Anna, Paula, Leon, Jasper, Dieter und ich zurückschlagen.

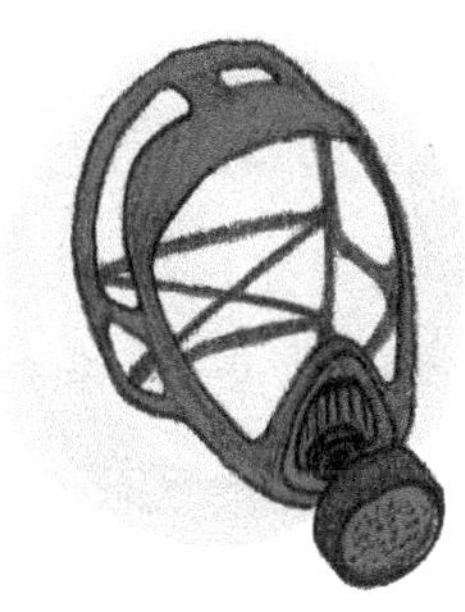

12. Abstecher zur Feuerwache

Ich warte mit meinem Fahrrad am Stadtpark. Wir haben uns dort verabredet, um gemeinsam zu dem alten Vergnügungspark rauszufahren. Zu Fuß ist das zu weit, aber mit dem Rad schafft man das locker in einer halben Stunde.

»Wo bleiben die denn?« Dieter hockt vorne in meinem Fahrradkorb und sieht sich suchend um. »Wetten, die kleine Ratte hat Schiss bekommen? Wetten, die kommt nicht?«

»Die Wette hast du verloren«, sage ich, weil Leon mit seinem Rad gerade um die Ecke biegt. Sein Fahrrad hat fünfzig Gänge, mindestens, und sieht richtig teuer aus. Gleichzeitig glänzt es so neu, als wäre Leon kaum damit gefahren. Jasper hockt vorne auf dem Lenker und drückt die ganze Zeit auf die schwarze Gummihupe neben ihm.

Kurz danach erscheinen dann auch schon Kati mit ihrem Hollandrad und Anna mit einem uralten Herrenrad, das aussieht, als hätte sie es von ihrem Opa geerbt. Damit sie besser fahren kann, hat Anna ihr Faultier von ihrem Arm auf ihren Rücken umquartiert. Paula hängt da jetzt wie ein Rucksack, und das sieht ziemlich komisch aus.

»Und wenn wir den Entführer dort tatsächlich treffen? Was machen wir denn dann? Der ist doch bestimmt bewaffnet. Der hat doch dieses Schwert, von dem du erzählt hast«, sagt Leon, und ein bisschen tut er mir leid, weil er sich immer so viele Sorgen macht. Aber das ist ja oft so bei klugen Menschen, dass die viel mehr Bedenken haben als die dummen. Kluge Leute denken halt vorher darüber nach, was alles passieren kann. Dumme rennen einfach los und überlegen erst nachher. Weil ich – außer bei Mathe – auch nicht zu den ganz dummen gehöre, habe ich auch schon

eine Antwort auf Leons Frage. Die habe ich mir nämlich selber schon gestellt.

»Kein Problem, wir haben doch eine Geheimwaffe!«, erwidere ich und deute auf mein Stinktier. »Mit ihm stinken wir uns den Weg frei.«

»Was starrt ihr mich denn alle so an?«, fragt Dieter in seinem Fahrradkorb, weil er nicht verstanden hat, dass ausgerechnet er unsere Geheimwaffe sein soll.

»Aber wir riechen seine Stinkbomben doch auch«, sagt Kati, und da hat sie natürlich recht. Denn auch wenn sie Dieter nicht sehen kann, riechen kann sie ihn trotzdem. Und alle anderen Menschen, die keinen Begleiter haben, tun das auch.

»Kein Problem«, antworte ich, weil ich daran ebenfalls schon gedacht habe. »Erinnerst du dich an die Feuerwehrleute vor der Sporthalle?«

»Klar«, erwidert Kati.

»Was haben die getragen, um sich gegen den Gestank zu schützen?«, frage ich.

»Die hatten Atemschutzmasken auf«, sagt Kati.

»Cool«, sagt Anna.

»Aber wo willst du denn jetzt vier Atemschutzmasken auftreiben?«, will Leon wissen.

»Wieso nur vier? Wir brauchen fünf!«, schreit Jasper dazwischen.

»Sechs, wegen Paula«, sagt Anna.

»Sieben!«, ruft Dieter dazwischen. »Wenn alle eine kriegen, will ich auch eine haben.«

»Erstens brauchst du gar keine, dir macht der Gestank doch gar nichts aus. Im Gegenteil, du liebst den sogar«, erwidere ich. »Und zweitens gibt es für eure Schnauzen gar keine Atemschutzmasken. Die passen euch doch gar nicht.«

»Gemein«, rufen Dieter und Jasper gleichzeitig.

»Und wo willst du die herkriegen?«, fragt Leon. »Die sind doch bestimmt ganz schön teuer.«

»Na, von der Feuerwehr natürlich«, sage ich.

»Du willst die klauen?« Kati sieht mich entsetzt an.

»Natürlich nicht!«, antworte ich. »Wir leihen sie uns nur aus. Und wenn wir sie nicht mehr brauchen, bringen wir sie natürlich wieder zurück.«

»Cool«, wiederholt Anna.

»Und wenn sie die in der Zcit bei einem Einsatz brauchen?«, will Leon wissen.

»In der Feuerwache sind doch nur die Ersatzmasken. Die richtigen sind im Feuerwehrwagen, damit die Feuerwehrleute die immer griffbereit haben, wenn sie die mal brauchen.« Das weiß ich, weil wir mal in der Grundschule die Feuerwehr besucht haben, und da hat ein Mann uns das erklärt.

Leon und Kati sehen immer noch so aus, als wenn sie meinen Plan nicht ganz so cool finden wie Anna, halten aber trotzdem den Mund. Genau wie Dieter und Jasper, die beleidigt schmollen.

»Dann lasst uns aufbrechen, sonst wird es zu spät«, sage ich und trete in die Pedale.

»Warte!«, ruft Leon mir nach, und für einen Moment denke ich, dass er bestimmt gleich sagen wird, dass ihm das alles viel zu gefährlich ist und dass er auch keine Atemschutzmasken klauen will, obwohl die ja nur geliehen sind.

»Was denn?«, frage ich.

»Kannst du Jasper in deinem Fahrradkorb mitnehmen?«,

bittet mich Leon. »Der hat mich schon die ganze Hinfahrt mit der Hupe genervt.«

»Klar doch!« Ich strahle Leon an, weil sich meine Befürchtung doch nicht bewahrheitet hat.

»Auf gar keinen Fall«, brüllt Dieter.

Aber das kümmert mich nicht und Leon auch nicht. Er fährt sein Rad neben meines und hebt seine Ratte vom Lenker in meinen Korb. Dieter gibt sich keine Mühe, ein Stückchen zur Seite zu rücken, und deswegen bleibt für Jasper nicht viel Platz.

»Mach dich nicht so dick«, knurrt Dieter.

»Selber dick«, entgegnet Jasper.

Die beiden streiten die ganze Zeit, die wir brauchen, um zum Feuerwehrhaus zu fahren. Und das nervt mindestens genauso sehr, als wenn Jasper ununterbrochen die Hupe an Leons Lenker gedrückt hätte.

Weil die Ratte und er durch

ihr unsichtbares Band miteinander verbunden sind, muss ich immer in Leons Nähe bleiben. Ich finde das nicht schlimm, so habe ich einen guten Grund, direkt neben ihm zu radeln. Manchmal berühren sich dabei die Ärmel unserer Jacken, und das fühlt sich gut an, auch wenn wir auf dem ganzen Weg kaum ein Wort sagen. Das erledigen Jasper und Leon für uns.

»Ich bin nicht dick«, brummt Dieter. »Das sind alles Muskeln.«

»Ja, Lachmuskeln«, erwidert Jasper und giggelt.

Kati und Anna fahren ein paar Meter hinter uns und unterhalten sich. Das heißt, reden tut vor allem Kati. Anna sagt ja nie so wahnsinnig viel.

»Da sind wir!« Ich zeige nach vorne, wo am Ende der Straße die Feuerwache auftaucht.

»Und wir haben Glück«, keucht Leon, der nach der kurzen Fahrt ganz außer Atem ist. »Die sind alle auf einem Einsatz.«

Er hat recht, die Tore der Wache stehen weit offen und die Feuerwehrwagen sind alle weg. Entweder üben die gerade oder es brennt tatsächlich irgendwo.

Wir parken unsere Räder an der nächsten Ecke und schleichen zurück zu der Feuerwache. Am Rande der großen Halle, in der sonst die Feuerwehrautos parken, stehen ein paar Bänke mit Haken, an denen man seine Anziehsachen aufhängen kann. Es sieht ein bisschen aus wie in einer Sporthalle. An den Haken hängen fein säuberlich zehn oder fünfzehn Atemschutzmasken. Es sind auf jeden Fall genug für uns alle.

»Könnt ihr nicht eure Tiere alleine da reinschicken, damit die die Masken für uns holen?«, fragt Kati, und das finde ich einen guten Vorschlag. Jasper und Dieter nicht.

»Spinnt die?«, rufen beide gleichzeitig, aber zum Glück kann Kati das ja nicht hören.

»Du und Leon, ihr bleibt hier und ruft, wenn jemand kommt«, schlage ich Kati vor. »Anna und ich gehen schnell rein und holen die Masken. Einverstanden?«

Anna und Kati nicken, nur Leon ist nicht einverstanden.

»Kommt gar nicht infrage. Ich lasse euch doch nicht alleine da reingehen«, sagt Leon, und ich kann hören, wie seine Stimme vor Aufregung zittert. »Ich komme mit! Es reicht doch, wenn einer hier draußen Schmiere steht.«

Dieter und Jasper kichern albern, weil Leon sich so ritterhaft verhält. Ich finde das nicht albern, sondern süß. Ich weiß, wie viel Überwindung ihn das kosten muss, etwas Verbotenes zu tun. Das hat er sicher noch nie getan und falls doch, bestimmt nur ganz, ganz selten.

»Dann los«, kommandiere ich, und wir laufen alle schnell

rüber zu dem Gestell mit den Masken. Sie hängen ziemlich hoch, und deswegen müssen wir auf die Bank steigen, um sie erreichen zu können. Dieter und Jasper hocken auf dem Boden und feuern uns an. Paula hängt faul auf Annas Rücken und streckt träge einen Arm aus, um nach einer der Masken zu greifen, als wäre es eine reife Mango. Als wir fünf von ihnen eingesammelt haben, brüllt Kati plötzlich ganz laut: »Achtung!«

Aber das hätte sie sich auch sparen können. Die dröhnenden Motoren der zurückkehrenden Einsatzwagen sind nicht zu überhören.

Leon, Anna und ich springen mit den Masken in der Hand von der Bank und rennen schnell zurück zu Kati, die am Tor steht und aufgeregt Zeichen macht, dass wir uns beeilen sollen. Nach etwa fünf Metern laufen Leon und ich plötzlich gegen eine Wand, obwohl da an der Stelle gar keine Wand in der Halle ist. Wir drehen uns um und merken erst jetzt, dass Jasper und Dieter immer noch auf der Bank hocken und versuchen, an die Masken ranzukommen. Dieter versucht das Gestell hochzuklettern, aber das ist so glatt, dass er immer wieder abrutscht. Jasper geht es auch nicht viel besser.

»Kommt endlich!«, rufe ich den beiden zu, weil das Motorengeräusch draußen immer lauter wird. Die Feuerwehrautos sind bestimmt gleich zurück, und dann wäre es besser, wenn wir weg sind.

»Aber es fehlen doch noch zwei Masken!«, ruft Jasper, und Dieter ergänzt: »Wir brauchen schließlich sieben davon!«

Leon und ich schauen uns an. Wir kennen unsere Tiere schon lange genug, um zu wissen, dass da mit Worten nicht viel zu erreichen ist. Während Anna mit Paula auf dem Rücken zu Kati läuft, rennen Leon und ich zurück. Wir steigen auf die Bank und angeln schnell die fehlenden Atemschutzmasken von den Haken.

»Jetzt aber nichts wie raus hier«, brülle ich und springe ein zweites Mal von der Bank. Dabei knicke ich um und das tut höllisch weh. »AHHHH!«, brülle ich, als ich versuche, mit dem Fuß aufzutreten.

»Schrei nicht so laut, du verrätst uns noch«, knurrt Dieter, dabei war mein Schrei kaum zu hören, weil die Wagen jetzt schon ganz nah sind.

»Warte, ich helfe dir.« Leon legt meinen Arm um seine Schulter und ich humpele an seiner Seite zum Tor. Als wir endlich mit Jasper und Dieter die Halle verlassen, können wir die Feuerwehrautos schon sehen. Ich schleppe mich schnell zu unseren Rädern, wo Kati und Anna ungeduldig auf uns warten.

»Warum seid ihr nicht gekommen, als ich euch gerufen habe?«, fragt Kati.

»Erkläre ich dir später.« Ich verteile die Masken, die praktischerweise Karabinerhaken besitzen. Damit kann man sie sich an den Gürtel hängen.

Leon setzt Jasper und Dieter in meinen Korb und wir schwingen uns alle auf unsere Fahrräder. Treten geht mit meinem verletzten Fuß besser als Laufen. Weh tut es trotzdem.

13. Betreten allerstrengstens verboten

»Dinosaurier! Hilfe!«, brüllt Dieter in meinem Fahrradkorb und zeigt mit seiner Pfote nach vorne. Gleichzeitig zieht er den Kopf ein und versucht sich hinter Jasper zu verstecken.

Und tatsächlich: Zwischen den Wipfeln der Bäume vor uns schaut der Kopf eines riesigen Tyrannosaurus Rex hervor.

Leons Ratte hat den jetzt auch entdeckt und sucht hinter Dieter Schutz. Die beiden quieken vor Angst und spielen Rundlauf in meinem Fahrradkorb, weil jeder hinter dem anderen Schutz sucht. Aber das bringt natürlich gar nichts, außer dass mein Rad durch ihr wildes Gewusel ganz schrecklich ins Schlingern gerät. Nur mit Mühe kann ich verhindern, dass wir im Straßengraben landen oder Leon rammen, der immer noch neben mir fährt.

»Aber der Dinosaurier ist doch gar nicht echt«, erklärt Leon. »Der ist doch nur aus Gips.«

»Stimmt, von dem hat mir meine Mutter erzählt«, ergänzt Kati. »Der war eine der großen Attraktionen des Vergnügungsparks. Der konnte sogar sein riesiges Maul aufreißen und ein fürchterliches Brüllen ausstoßen. Meine Mutter sagt, dass sie sich immer schrecklich gefürchtet hat, wenn der gebrüllt hat. Obwohl sie genau wusste, dass das Brüllen nur aus einem Lautsprecher kam.«

Dieter und Jasper beruhigen sich langsam wieder, und das ist gut so. Lange hätte ich mein Rad nicht mehr in der Spur halten können und dann wären wir doch noch im Graben gelandet.

»Als wenn ich nicht gewusst hätte, dass der nur aus Gips ist«, erklärt Dieter. »Ich habe nur ein bisschen Spaß gemacht.«

»Das sieht man ja schließlich auf den ersten Blick, dass der nicht echt ist«, behauptet auch Jasper.

Anna hinter uns lacht, und sogar Paula, ihr Faultier, lässt ein heiseres Kichern hören.

Im nächsten Moment ertönt ein lautes Brüllen aus dem Wald vor uns. Es klingt, als hätte der Dino tatsächlich gerade sein Maul aufgerissen. Aber das hat er nicht, das weiß ich genau, weil ich ihn keinen Augenblick aus den Augen gelassen habe. Mein Stinktier und Leons Ratte machen sich wieder ganz klein in meinem Fahrradkorb. Dieter versteckt seine Schnauze unter seinem buschigen Schwanz. Jasper versucht das auch, aber das klappt nicht so gut, weil sein Schwanz ja keine Haare hat, sondern ziemlich kahl ist. Es sieht so aus, als würde er versuchen, sich unter einem Bindfaden zu verstecken.

»Das mit dem Brüllen funktioniert scheinbar noch«, bemerke ich und biege auf einen Feldweg ab, der direkt auf den Wald mit dem Dinokopf zuführt.

»Ja, aber die Mechanik, die das Maul bewegt, scheint kaputt zu sein«, erwidert Leon.

»Aber da muss doch trotzdem jemand sein, der auf einen Knopf oder so was drückt«, bemerkt Kati. »Von allein brüllt der doch nicht.«

»Der Entführer«, mischt sich Anna ein, die neben Kati hinter Leon und mir fährt.

Das Gute an Anna ist, dass sie zwar nicht viel sagt, aber wenn sie dann doch mal den Mund aufmacht, kommt immer etwas Vernünftiges dabei raus.

»Ja, das denke ich auch. Wer sollte es sonst sein?«, rufe ich nach hinten und freue mich, weil das ja bedeuten würde, dass wir auf der richtigen Spur sind. »Mit dem Gebrüll will er bestimmt Leute abschrecken, die sich seinem Versteck nähern. Das habe ich mal in einem Buch gelesen, da haben die Verbrecher es genauso gemacht.«

Wir stoppen unsere Räder und warten, ob das Brüllen

noch ein zweites Mal ertönt. Aber es ist nur noch das Gezwitscher der Vögel zu hören und das Rauschen der Autobahn, die hinter dem Park vorbeiführt.

»Weiter?«, frage ich, nachdem wir ein paar Minuten gelauscht haben.

»Logo«, sagt Anna.

Kati und Leon nicken nur und Dieter und Jasper brüllen unter ihren Schwänzen laut: »NEIN!«

»Dann mal los«, sage ich, ohne mich um die beiden Angsthasen in meinem Fahrradkorb zu kümmern.

Es dauert nicht lange und wir haben den Wald erreicht. Früher waren die Bäume hier bestimmt nicht so hoch, aber weil der Park ja schon seit ewig langer Zeit geschlossen ist, hat sich die Natur das Gelände wieder zurückerobert. Durch einen hohen Zaun kann ich in der Ferne das verrostete Gestänge einer Achterbahn erkennen und noch etwas weiter hinten ein großes Gebäude, das aussieht, als wäre es früher mal eine Geisterbahn gewesen. Auf den alten Wegen wächst überall Moos, und in den Rissen, die sich auf den Gehwegplatten gebildet haben, blühen gelbe Blumen. Der alte Vergnügungspark sieht irgendwie verwunschen aus. So wie in dem Märchen, wo das ganze Schloss nur darauf wartet, dass der Prinz kommt und Dornröschen wach küsst. Ich glaube aber nicht, dass hier irgendwo eine Prinzessin schläft. Höchstens vielleicht ein Zebra, ein Einhorn, ein Wolf und drei Gorillas.

»Und wie kommen wir da rein?« Leon zeigt auf den Zaun, der den Wald umgibt. Alle fünf Meter hängt ein Schild auf dem »Betreten allerstrengstens verboten« steht.

Dieter und Jasper linsen unter ihren Schwänzen hervor. Weil wir jetzt ganz dicht vor dem Wald stehen, kann man den Kopf des Tyrannosaurus Rex nicht mehr sehen. Erleichtert springen die beiden aus dem Korb, um sich ein bisschen die Beine zu vertreten.

»Schade, dass wir da nicht reindürfen«, sagt Dieter und zeigt auf eines der Schilder.

»Furchtbar schade«, bestätigt Jasper und macht dabei ein paar Dehnübungen. »Fahren wir halt wieder nach Hause, da ist es eh am schönsten.«

»Das ist die erste gute Idee, die ich von dir höre«, lobt Dieter.

»Wenn wir uns beeilen, sind wir zum Abendessen wieder daheim«, erklärt Jasper und klettert zurück in den Fahrradkorb.

»Das ist jetzt sogar schon die zweite gute Idee«, sagt Dieter und sieht zu mir hoch. »Hebst du mich zurück, damit wir hier wieder wegkommen, Zora?!«

»Schisser«, brummt Paula auf Annas Rücken

»Wir doch nicht!«, widerspricht Dieter, und Jasper ruft: »So eine unverschämte Unterstellung.«

»Dann ist das ja geklärt, und wir können nach einem Loch im Zaun suchen, um uns da drinnen ein bisschen umzusehen.« Ich schnappe mir die Atemschutzmaske und laufe am Zaun entlang, ohne mich auch nur einmal nach Dieter umzusehen. Ich bin mir ziemlich sicher, dass er mir folgen wird, weil er natürlich niemals zugeben würde, dass er vor dem Gipsdino Angst hat. Jasper bestimmt auch nicht, und tatsächlich hüpft die Ratte aus dem Fahrradkorb wieder zurück auf die Erde und schließt sich Dieter an, der hinter mir hertrottet. Begeistert sehen die beiden nicht aus.

»Was war denn da gerade los?«, will Kati wissen, die ja nicht hören konnte, was mein Stinktier und Leons Ratte bis eben noch für Angsthasen waren.

»Ach nichts, Dieter und Jasper konnten es nur nicht erwarten, in den Park zu kommen, um dem brüllenden Dino Hallo zu sagen«, erwidere ich.

Dieter und Jasper brummen: »Stimmt genau«. Anna und Paula lachen wieder, und nur Leon sieht aus, als wenn er es auch nicht so furchtbar schlimm finden würde, wenn wir kein Loch in dem Zaun finden.

Weil mir mein Fuß nach dem Sprung von der Bank in der Feuerwache immer noch wehtut, kommen wir nicht so besonders schnell voran. Aber keiner macht mir Vorwürfe. Alle gehen extra langsam, und Leon bietet mir sogar an, mich zu stützen. Doch das lehne ich ab, weil Kati und Anna schon dämlich kichern, nur weil er mir seinen Arm um die Schulter legen will. Sogar Paula hebt kurz den Kopf und grinst.

»Liebespaar …«, ruft Dieter, und Jasper ergänzt: »… küsst euch mal.«

Leon nimmt den Arm schnell wieder weg und wird knallrot. Genau wie ich.

Zum Glück müssen wir gar nicht lange laufen, bis wir eine Stelle finden, an der wir durch den Zaun schlüpfen können. Schon nach ein paar Metern gibt es eine kleine Lücke. Es sieht nicht so aus, als wenn hier ständig Leute rein- und rausgehen würden, weil das Gras an der Stelle vor dem Zaun ganz hoch steht. Es sieht eher so aus, als wäre bei einem Sturm ein dicker Ast abgebrochen und auf den Zaun gefallen. Der Ast liegt immer noch da, und das ist ganz praktisch, weil wir so ganz einfach auf die andere Seite klettern können. Wir müssen nur ein bisschen balancieren, aber das haben wir ja alle bei dem Ausflug in den Hochseilgarten an meinem Geburtstag gelernt. Das ist noch gar nicht so lange her, und Leon, Anna und Kati waren auch mit dabei. Gegen das Klettern in den Baumwipfeln ist das Balancieren auf dem Ast eine Kleinigkeit, und so schaffen wir es ganz leicht auf die andere Seite. Sogar ich, obwohl mein Knöchel schmerzt, als wäre da ein Elefant draufgetreten.

Irgendwie ist keiner so schrecklich wild darauf, zu quatschen. Auf dieser Seite des Zauns ist es viel unheimlicher als auf der anderen. Vielleicht liegt das auch nur daran, dass man das Gefühl hat, der hohe Zaun hätte uns vor dem beschützt, was hier drinnen auf uns wartet. Was immer das auch sein wird.

Jasper weicht Leon nicht von der Seite, und auch Dieter läuft so dicht neben mir, dass sein Fell die ganze Zeit an meiner Hose reibt.

»Nimmst du mich hoch?«, fragt Dieter.

»Kannst du nicht selber laufen?«, entgegne ich. »Mir tut der Fuß weh.«

»Glaubst du mir etwa nicht, Frolleinchen?«, jammert Dieter. »Alle vier Pfoten tun mir weh, und das ist ja wohl schlimmer, als wenn einem nur eine wehtut. Das weißt du als Zweifüßer ja gar nicht, wie übel einem vier Pfoten wehtun können. Ganz schrecklich übel nämlich.«

Ich weiß genau, dass ihm überhaupt nichts wehtut und

er nur auf meinen Arm möchte. Aber weil er es diesmal nicht aus Faulheit will, sondern aus Furcht, hebe ich ihn hoch. Und das tue ich nicht nur für ihn, sondern auch für mich. Ich finde den Wald selbst ein bisschen unheimlich. Da ist es eigentlich ganz schön und beruhigend, Dieter mit seinem flauschigen Fell an sich drücken zu können.

Wir bleiben auf den Wegen, auch wenn man die an einigen Stellen kaum noch erkennen kann. Rechts und links tauchen zwischen den Bäumen und Büschen die überwucherten Attraktionen des Vergnügungsparks auf. Ich sehe

ein altes Karussell mit Pferden aus Holz, deren Farbe abgeblättert ist, Fressbuden, die die Form von kandierten Äpfeln haben, und viele andere Bauwerke, deren Zweck man nicht mehr erkennen kann.

Und dann entdecke ich den Leichenwagen. Er steht direkt vor dem großen Gebäude, das wir schon von der anderen Seite des Zauns aus bemerkt haben. Aus der Nähe erkenne ich, dass es tatsächlich mal eine Geisterbahn war, auch wenn die Vampir-, Monster- und Gespensterpuppen, die an der Fassade hängen, schon bessere Tage gesehen haben. Es ist derselbe Leichenwagen, der vor der Bäckerei an Kati und mir vorbeigefahren ist und in dem die drei Gorillas gegen die Scheiben getrommelt haben.

Im selben Moment ertönt erneut das Brüllen des Dinosauriers. Erschrocken drücke ich Dieter an mich und er sich an mich.

14. Durch das Maul des Drachens

Leon packt mich am Arm und zieht mich schnell in Richtung der verfallenen Achterbahn, die gegenüber der Geisterbahn steht. Als wir dort ankommen, springen wir mit Jasper und Dieter in einen der Wagen, die dort früher die Anlage rauf und runter gerast sind. Aber das ist lange her. Die Lederbezüge sind zerschlissen, und als wir uns auf die Polster fallen lassen, kriechen eine Menge aufgeregte Insekten durch die Risse ins Freie. Das ist ein bisschen gruselig, aber noch lange nicht so gruselig wie der Leichenwagen, der keine fünfzig Meter von uns entfernt vor dem Eingang der Geisterbahn parkt.

Kati, Anna und Paula sind Leon und mir gefolgt und hocken jetzt in dem Wagen vor uns. Genau wie wir, gehen sie in Deckung, damit sie von der Geisterbahn aus nicht gesehen werden können. Das ist gut, nicht so gut ist, dass wir so nicht sehen können, was draußen passiert.

»Was machen wir jetzt?«, ruft Kati zu uns rüber.

»Keine Ahnung«, erwidere ich. »Aber irgendwie müssen wir rauskriegen, was da drüben vor sich geht.«

»Ich schicke Jasper raus«, schlägt Leon vor. »Der ist so klein, der fällt da draußen nicht auf und kann uns alles berichten.«

»Warum ich? Warum nicht das feige Stinktier?«, brüllt Jasper. »Oder das Faultier? Das hängt doch sowieso immer nur faul rum.«

»Selber feige!«, ruft Dieter empört zurück. »Aber die Idee mit dem Faultier finde ich gut.«

»Meinetwegen«, höre ich Paula im Wagen nebenan brummen.

Ich hebe vorsichtig den Kopf aus der Deckung und sehe, wie Paula langsam, sehr langsam aus dem Wagen klettert und sich ein paar Meter davon entfernt hinter einem Papierkorb niederlässt. Für die kurze Strecke braucht Paula ungefähr fünf Minuten, und ich bin mir nicht sicher, ob es wirklich so eine gute Idee war, ausgerechnet Annas Faultier als Kundschafterin loszuschicken.

Was ist, wenn sie uns erst meldet, dass der geheimnisvolle Schatten aus der Geisterbahn kommt, wenn er schon direkt vor uns steht?

»Wie lange sollen wir denn hier hocken bleiben?«, flüstere ich Leon zu.

»Wir warten einfach, bis der Entführer mit seinem Wagen wegfährt«, antwortet Leon leise. »Dann können wir uns da drinnen ein bisschen umschauen.«

»In der Geisterbahn?!«, ruft Jasper entsetzt, und Dieter ergänzt: »Kommt gar nicht infrage!«

»Habt ihr etwa Angst vor den Gummiskeletten da drinnen?«, frage ich.

»Nein, natürlich nicht. Aber hier ist doch alles total marode. Das bricht doch über uns zusammen, wenn wir da reingehen«, erwidert Dieter, und Jasper brüllt: »Genau, das ist lebensgefährlich und bestimmt auch allerallerstrengstens verboten.«

In dem Augenblick höre ich draußen das Zuklappen einer Autotür und direkt danach, wie ein Motor anspringt. Dann rollen Reifen über den Kies, die sich schnell entfernen.

»Achtung! Da ist jemand!«, ruft Paula, und genau wie ich bereits befürchtet hatte, kommt ihre Warnung viel, viel, viel zu spät.

Ich hebe meinen Kopf vorsichtig ein zweites Mal über den Rand des Wagens. Das schwarze Auto ist verschwunden und weit und breit niemand zu sehen.

»Er ist weg«, rufe ich den anderen zu, die sich nun auch langsam aus ihrem Versteck wagen. Erst Anna und Kati, dann Leon. Zum Schluss folgen Dieter und Jasper, die zunächst nur ihre Schnauzen über den Rand des Wagens recken und misstrauisch schnüffeln, bevor sie ihre Deckung endgültig verlassen.

»Der Wagen fährt weg«, meldet sich jetzt Paula, obwohl das schon ein paar Minuten her ist.

»Danke für die Warnung«, sage ich trotzdem.

Anna geht zu ihrem Faultier, damit Paula wieder auf ihren Arm klettern kann, und flüstert leise »Gut gemacht«.

Für ein Faultier kam die Warnung wahrscheinlich sogar ziemlich flott, und immerhin war sie ja überhaupt die Einzige, die sich getraut hat, den Job als Kundschafterin zu übernehmen. Dieter und Jasper haben ja beide nur feige ihre Schwänze eingekniffen und sich in den Tiefen des Achterbahnwagens versteckt. Trotzdem fangen sie jetzt an zu motzen.

»Die Ansage kommt ein bisschen arg spät«, stichelt Jasper. »Aber was will man von einem Faultier auch anderes erwarten.«

»Das kommt davon, wenn man nicht alles selber macht«, brummt Dieter.

»Kam der Entführer aus der Geisterbahn?«, frage ich Paula.

Annas Faultier nickt, und auch das dauert ewig.

»Dachte ich es mir doch«, sage ich und sehe die anderen an. Einen nach dem anderen. »Wir müssen da rein! Ich bin mir fast ganz sicher, dass wir in der Geisterbahn Noras Zebra und Jessicas Einhorn finden. Und die anderen verschwundenen Tiere auch!«

»Bist du lebensmüde?«, ruft Dieter.

»Auf gar keinen Fall!«, kreischt Jasper.

Aber Paula nickt ein zweites Mal. Anna, Kati und Leon sehen noch nicht überzeugt aus. Und ich kann sie verstehen.

Wenn es nicht um meine Schwester Nora ginge, würde ich mich auch nicht freiwillig in diese Geisterbahnruine hineinwagen.

»Allein traue ich mich nicht«, gestehe ich den andern.

»Ich brauche euch! Wir sind doch ein Club, da macht man doch alles zusammen, oder? Ihr könnt mich jetzt nicht im Stich lassen.«

Dieter und Jasper tun so, als würden sie eine der alten Imbissbuden betrachten, um mich nicht anschauen zu müssen. Leon, Anna und Kati weichen meinem Blick nicht aus, aber ich kann sehen, wie sie mit sich kämpfen. Schließlich weiß keiner von uns, was uns in der alten Geisterbahn erwartet. Sicher ist nur, dass das ganz bestimmt kein harmloser Kirmesbesuch wird, bei dem die einzige Gefahr darin besteht, dass einem schlecht wird, weil man zu viele gebrannte Mandeln gefuttert hat.

»Wir haben uns doch jetzt zusammen schon so weit getraut, da können wir doch nicht einfach umdrehen!«, sage ich.

Ich kann sehen, wie Leon erst kräftig schlucken muss, bevor er einen Schritt auf mich zumacht. Kati und Anna müssen nicht schlucken, kommen aber trotzdem auf mich zu und strecken ihre Arme aus. Wie auf dem Schulhof legen wir unsere Hände aufeinander.

»Und was ist mit euch beiden?«, frage ich Dieter und Jasper.

»Wenn es denn unbedingt sein muss«, knurrt mein Stinktier.

»Aber sagt nicht, wir hätten euch nicht gewarnt«, fiepst Leons Ratte.

Die beiden klettern an Leon und mir hoch, um gemeinsam mit Paula ihre Pfoten auf unsere Hände legen zu können.

»Es lebe der Club der super Tiere!« Aber diesmal brüllen wir das nicht, sondern flüstern nur. Es muss ja niemand wissen, dass wir hier sind.

Dabei hätten wir gerade jetzt alle so ein bisschen Geschrei gut gebrauchen können. Das macht ja Mut und gibt auch Kraft und Zuversicht. Deswegen brüllen wir vor unseren Basketballspielen ja auch immer »Zicke Zacke Hühnerkacke«. Da fällt mir ein, dass ich mir vor unserem nächsten Spiel noch einen neuen Spruch einfallen lassen muss, einen, der ein bisschen weniger peinlich ist. Aber dafür ist jetzt keine Zeit, oder wie Oma immer sagt: »Eins nach dem anderen.«

Wir schleichen über die zersprungenen Gehwegplatten zur Geisterbahn hinüber. Auf der ganzen Strecke sagt keiner von uns auch nur ein einziges Wort. Sogar Dieter hält seine große Klappe.

Dort, wo früher bestimmt lange Schlangen standen, können wir jetzt einfach so zum Eingang durchlaufen. Der hat die Form eines riesigen Drachenmauls, durch das man hindurchgehen muss. Die scharfen Zähne im Maul haben in den Jahren arg gelitten und sehen aus, als hätte der Drache Karies. Manche fehlen auch ganz und liegen auf dem Boden herum, sodass wir über sie hinwegsteigen müssen. Hinter dem Eingang laufen die Schienen, auf denen früher die Wagen durch die Geisterbahn gefahren sind. Rechts davon hängt ein Skelett aus Plastik, dem auch schon ein paar Knochen fehlen. Der Schädel hängt nur noch an einem dünnen Faden, und das sieht ziemlich eklig aus. Obwohl ich genau weiß, dass das kein echtes Skelett ist, kriege ich eine Gänsehaut und schaue lieber nach links. Doch das ist auch nicht viel besser, weil da ein Vampir steht. Also kein echter, aber einer, der ziemlich echt aussieht, auch wenn die Motten schon riesige Löcher in seinen schwarzen Anzug gefressen haben.

»Welche Richtung?«, fragt Anna und zeigt auf die beiden Öffnungen des Tunnels, der in die Geisterbahn hineinführt.

Ich zucke die Schultern, weil ich keine Ahnung habe, wo es langgeht.

»Natürlich nach rechts«, brummt mein Stinktier.

»So ein Blödsinn, wir müssen nach links«, quietscht Jasper.

»Wir werfen eine Münze«, mischt sich Leon ein und holt einen Euro aus seiner Tasche.

»Sehr gute Idee«, sagt Kati. »Zahl ist links und Adler ist rechts.«

Während sich Dieter und Jasper noch streiten, ob Zahl nicht doch besser rechts und Adler eher links bedeuten sollte, wirft Leon die Münze hoch in die Luft. Bevor er sie wieder auffangen kann, greift Anna blitzschnell mit ihrer Hand dazwischen

»Zahl«, sagt sie und gibt Leon den Euro zurück.

»Dann gehen wir nach links«, sage ich, und das tun wir dann auch.

Weil wir in dem engen Tunnel nicht nebeneinander laufen können, gehen wir hintereinander. Ich und Dieter vorneweg, Leon mit Jasper dahinter, dann Kati und am Ende Anna mit Paula.

Es ist ziemlich dunkel in der Geisterbahn, aber weil sich in den letzten Jahren niemand um das Gebäude gekümmert hat, gibt es überall Risse in den Wänden, durch die ein wenig Licht hereinfällt.

»AHH!«, brüllt Dieter plötzlich und springt auf meinen Arm. »Ein Monster!«

Ich muss lachen, ich kann gar nicht anders, obwohl das nicht besonders nett ist, weil ich spüre, wie sehr Dieter vor Angst zittert. Aber im Gegensatz zu ihm habe ich erkannt, dass das kein Monster vor uns ist, sondern nur ein Stinktier. Er hat sich selber gesehen in einem dieser gebogenen

Spiegel, in denen man entweder ganz klein und dick oder ganz lang und dünn aussieht. Je nachdem, ob die Wölbung nach innen oder nach außen geht.

»Was ist denn los?«, will Kati von hinten wissen.

»Dieter hat sich vor sich selber erschreckt«, erkläre ich und muss immer noch lachen.

Die anderen fangen auch alle an zu lachen und das tut gut, weil man sich nicht fürchtet, wenn man lacht. Das geht einfach nicht gleichzeitig. Das ist genauso wie mit dem Denken und dem Hunger bei mir. Der Einzige, der nicht lacht, ist Dieter.

»Und ob da ein Monster war, aber jetzt habt ihr es mit eurem albernen Gegacker verjagt, bevor ich mich auf es stürzen konnte«, knurrt Dieter, aber das glaubt ihm natürlich keiner.

Auf den nächsten Metern schreit immer wieder jemand von uns auf. Entweder weil er ein Spinnennetz gestreift hat oder hinter irgendeiner Kurve ein altes Gespenst auftaucht, das im Wind, der durch den Tunnel weht, hin und her schwingt. Desto weiter wir uns in die Geisterbahn hineinwagen, desto unheimlicher wird es. Ich habe das Gefühl, dass der Tunnel langsam aber sicher immer tiefer führt. So als würden wir in ein Bergwerk hineinlaufen, und dass draußen immer mal wieder der Dinosaurier brüllt, macht es auch nicht besser. Ganz im Gegenteil.

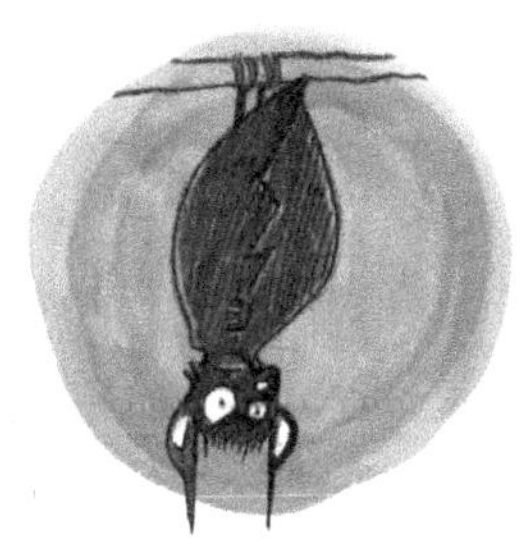

15. Rauf und runter

Wir folgen weiter den Schienen, und irgendwann erschrecken wir uns auch nicht mehr so, weil wir uns an das Dino-Brüllen, die Spinnweben und die Gruselpuppen gewöhnt haben. Man gewöhnt sich an alles, hat Oma mal gesagt, um mich zu trösten. Damals hat sie Dieter damit gemeint.

Manchmal müssen wir sogar lachen. Wenn man sich traut und genau hinguckt, sehen die Figuren nämlich ziemlich albern aus und überhaupt nicht unheimlich oder so. Selbst Dieter, der seine Schnauze tief in meiner Armbeuge vergraben hat, wagt jetzt ab und zu mal einen Blick auf die Gespenster, Vampire und Monster, die überall herumhängen. Wenn man zu Fuß geht, hat man ja auch viel mehr Zeit, sich die Geister in Ruhe anzugucken, als wenn man in einem Wagen schnell an ihnen vorbeirauscht. Da merkt man ja gar nicht, wie billig die Puppen aussehen.

Abgesehen davon, dass ab und zu mal einer von uns

»Guck mal das Monster da, wie süß!« oder »Ist der Vampir nicht niedlich?« ruft, sprechen wir wenig. Mir ist sowieso nicht nach Reden, weil mein Knöchel immer noch wehtut. Deswegen komme ich nur ganz langsam voran. Während ich den Tunnel entlang humpele, fällt mir auf, dass das Licht sich verändert hat. Es kommt jetzt nicht mehr durch die Ritzen in den Wänden der Geisterbahn, sondern von irgendwo anders her. Es ist auch kein Sonnenlicht, sondern wirkt irgendwie künstlich, auch wenn ich nirgendwo eine Lampe oder Glühbirne entdecken kann.

»Guckt doch mal, die Plastikfledermäuse. Die sehen aus wie schwarze Waschlappen. Um mir Angst zu machen, muss man schon ein bisschen mehr bieten.« Dieter ist schon wieder ganz der Alte und zeigt an die Decke über uns. Dort hängen ganz viele schwarze Päckchen, und ich finde nicht, dass die wie Waschlappen aussehen. Ich finde, die sehen wirklich aus wie ...

»Die würden sich nicht mal bewegen, wenn man in die Hände klatscht.« Um das zu beweisen, schlägt mein Stinktier die Pfoten zusammen.

Im selben Moment lösen sich die Fledermäuse erschrocken von der Decke. Dieter kreischt »HILFE!«, und ich lasse mich mit ihm schnell auf den Boden zwischen die Schienen fallen. Die anderen machen es genauso, weil die Fleder-

mäuse jetzt überall sind. Es müssen Tausende sein, die mit ihren Flügeln über unseren Köpfen herumflattern. Ich kann ihr aufgeregtes Fiepen hören und presse meinen Körper auf die Erde. Das tut ziemlich weh, weil die beiden Atemschutzmasken auf meine Rippen drücken.

Kurz darauf ist der Spuk auch schon wieder vorbei und der aufgeschreckte Schwarm rauscht durch den Tunnel davon.

»Sehr gut, das hast du wirklich sehr gut gemacht«, motzt Jasper, als Leon und er wieder aufgestanden sind.

»Ich konnte ja nicht ahnen, dass die echt sind«, verteidigt sich Dieter.

»Ahnen vielleicht nicht, aber sehen, du Blindfisch!«, schimpft Jasper.

»Sag das noch mal!«, droht Dieter.

»Blindfisch! Blindfisch! Blindfisch!«, wiederholt Jasper.

Auch Leon, Anna und Paula starren Dieter böse an, weil er die Fledermäuse aufgeschreckt hat.

Dieter tut so, als würde er Jaspers Singsang nicht hören und schaut mich fragend an: »Konnte ich doch nicht, oder?«

»Klar konntest du«, erwidere ich. Ich bin genauso wütend auf ihn wie die anderen, weil er uns verraten hat. Jetzt weiß ja jeder, dass wir hier sind.

»Und sie sahen eben doch aus wie Waschlappen«, murmelt Dieter beleidigt, als wir weiterlaufen.

Fledermäuse treffen wir keine mehr, aber dafür versperrt uns plötzlich etwas den Weg. Es ist einer der alten Wagen, die hier früher auf den Schienen durch die Geisterbahn gefahren sind. Genau wie bei den Wagen drüben auf der Achterbahn ist der rote Lack an vielen Stellen schon abgeblättert und das blaue Polster der drei Sitzbänke ganz rissig.

»Da liegt einer«, sagt Anna und zeigt auf einen Körper, der vor dem Wagen liegt.

Für einen kurzen Augenblick kriege ich eine Gänsehaut, aber dann sehe ich, dass es nur eines von den alten Plastikskeletten ist.

»Deswegen ist der Wagen an dem Abhang hier auch nicht weggerollt«, erklärt Leon.

»Wir müssen drüber wegklettern, wenn wir tatsächlich weiterwollen«, bemerkt Kati, und so wie sie das sagt, kann man hören, dass sie gar nicht mehr so sicher ist, ob wir das wirklich wollen.

»Okay, es könnte eventuell sein, dass ich mit den Waschlappen vorhin Mist gebaut habe«, räumt Dieter ein. »Aber jetzt habe ich eine super Idee! Für den Rest der Strecke nehmen wir einfach den Wagen. Dann brauchen wir nicht zu laufen.«

»Ich weiß nicht«, sagt Leon. »Wir wissen doch gar nicht, wo die Strecke endet.«

»Was ist denn los?«, erkundigt sich Kati, und als ich ihr erklärt habe, was mein Stinktier gesagt hat, ist sie von seinem Vorschlag genauso wenig begeistert wie ich.

Sogar Anna, die sonst vor nichts Angst zu haben scheint, macht ein skeptisches Gesicht.

Die Einzigen, die Dieters Idee gut finden, sind Jasper und Paula.

»Das wird supermegageilo!«, ruft Jasper.

Paula hebt langsam aber breit grinsend ihre rechte Pfote und streckt eine Kralle in die Höhe, was bei ihr so ziemlich dasselbe bedeutet wie Jaspers begeisterter Ausruf.

»Dann wäre das ja wohl entschieden«, sagt Dieter zufrieden und springt von meinem Arm auf die vordere Sitzreihe des Wagens.

»Hier ist gar nichts entschieden!«, erwidere ich. »Wir sind zu viert und ihr seid nur drei.«

»Korrekt, aber Tierstimmen zählen doppelt, wusstest du das nicht?«, erklärt Dieter. »Damit steht es sechs gegen vier, und jetzt steigt endlich ein, wir haben nicht den ganzen Tag Zeit.«

Jasper und Paula sind auch schon zu Dieter in den Wagen geklettert, und keiner von ihnen macht den Eindruck, als hätte er die Absicht, da jemals wieder auszusteigen.

»Okay, ihr habt gewonnen«, gebe ich mich geschlagen. Schließlich ist Dieter unsere Geheimwaffe, und eine gut gelaunte Geheimwaffe ist ganz sicher besser als eine schlecht gelaunte. Außerdem schmerzt mein Knöchel immer noch höllisch, und da ist es vielleicht gar keine so schlechte Idee, ein Stück des Wegs zu fahren.

»Dann muss nur noch jemand die Knochen da vorne wegräumen«, sage ich und zeige auf das Skelett, das auf den Schienen liegt.

Anna geht wortlos nach vorne. Sie greift nach dem Fuß des Skeletts, wartet aber noch, bis wir alle sitzen.

»Fahren wir jetzt doch?«, fragt Kati verwirrt, als Leon und ich uns auf der hinteren Bank des Wagens niederlassen.

»Nur ein kleines Stück«, erwidere ich, weil eine richtige Erklärung zu lange dauern würde.

Kati zuckt nur mit den Schultern und will vorne einsteigen.

»Halt!«, rufe ich, weil sie sich beinahe auf mein Stinktier gesetzt hätte. »Da vorne hocken Dieter, Jasper und Paula. Du musst dir mit Anna die mittlere Bank teilen.«

Als Kati Platz genommen hat, zieht Anna das Skelett von den Schienen. Langsam gerät der Wagen auf der abschüssigen Strecke in Bewegung. Als er an Anna vorbeirollt, springt sie schnell zu Kati auf die mittlere Sitzbank, und außer ihr hätte das wahrscheinlich keiner von uns geschafft.

Auf der steilen Strecke wird der Wagen immer flotter. Rechts und links huschen Kammern an uns vorbei, in denen Szenen aus einem Kerker oder einer Hexenstube nachgebaut sind. Aber weil wir so schnell an ihnen vorbeirasen, kann ich nicht viel davon erkennen. Die Schienen führen in einem wilden Zickzackkurs immer tiefer unter die Erde. Ich kann mich irren, bin mir aber fast sicher, dass wir in den Kurven nur auf zwei Rädern fahren, weil uns die Fliehkraft bei dem hohen Tempo fast aus den Gleisen hebt. Wenn es rechtsrum geht, werde ich an Leon gepresst, und wenn es linksrum geht, ist es umgekehrt.

Ich fange an zu brüllen, weil ich kein großer Fan von Achterbahnen bin und das hier schlimmer ist als jede Achterbahn, auf die ich mich jemals getraut habe. Leon und Kati brüllen auch, nur unsere Tiere und Anna werfen die Arme in die Höhe und scheinen den Höllentrip sogar zu genießen. Manchmal wird der Wagen ein kleines bisschen langsamer, weil es ein Stückchen bergauf geht, aber nur kurz, dann stürzt sich unser Gefährt erneut in die Tiefe.

Wir werden immer schneller und schneller, und ich bin mir mittlerweile ganz sicher, dass es ein Riesenfehler war, in den Wagen einzusteigen. Was nützt es mir, wenn ich meinen verstauchten Knöchel schone, mir dafür aber alle anderen Knochen breche? Und das werde ich, daran besteht überhaupt kein Zweifel. Es ist nur eine Frage der Zeit, bis es uns alle in der nächsten Kurve aus der Bahn schmeißt.

Dieter, Jasper, Paula und Anna scheinen meine Bedenken nicht zu teilen. Die vier johlen immer noch begeistert. Kati aber sitzt ganz still vor mir auf ihrem Sitz und Leon neben mir ist ganz grün im Gesicht geworden.

Wenn wir hier gleich aus der Kurve fliegen und mit zerschmetterten Gliedern liegen bleiben, wird uns niemand finden, weil ja niemand weiß, dass wir hier sind. Ich frage mich plötzlich, ob unsere tierischen Begleiter mit uns sterben oder sich dann einfach einen anderen Menschen

suchen. Ich werde es nie erfahren, weil ich dann ja tot sein werde und das gar nicht mehr mitkriege.

Ich wische den Gedanken zur Seite, weil ich in der kurzen Zeit, die uns noch bleibt, Wichtigeres zu tun habe, als mir den Kopf über Fragen zu zerbrechen, die ich sowieso nicht beantworten kann.

»Ich muss dir dringend was gestehen«, sage ich, als ich in einer scharfen Rechtskurve wieder an Leons Schulter gedrückt werde.

Leon antwortet nicht, sondern starrt einfach geradeaus. Sein Gesicht ist jetzt nicht mehr grün, sondern ganz weiß.

»Ich ... ich ... ich«, stottere ich, weil es gar nicht so einfach ist, jemandem zu sagen, dass man ihn gern hat. Vor allem, wenn man bis vor Kurzem noch alle Jungs für die allerletzten Idioten gehalten hat.

»Ich ... ich ...«, stammele ich weiter. Zum Glück scheint Leon das gar nicht zu hören und Kati und Anna vor mir auch nicht.

Bevor ich meinen Satz beenden kann, wird unser Wagen nämlich wieder langsamer. Und das nicht, weil er Anlauf für eine weitere Abfahrt nimmt, sondern weil die Schienen in einer großen Halle auslaufen.

Mit einem Schlag habe ich Leon neben mir vergessen,

weil das, was ich sehe, so unglaublich ist. Rechts und links an den Wänden der unterirdischen Halle stehen gläserne Käfige und darin hocken alle möglichen Tiere. Ich kann Mathilde, das Zebra meiner Schwester, erkennen, und Jessicas Einhorn. Weiter hinten hockt der Wolf von meinem Deutschlehrer hinter einer Scheibe und in einem anderen Käfig sehe ich die drei Gorillas.

»Was wolltest du mir denn gerade so dringend sagen?« Leon kommt langsam wieder zu sich und sieht mich fragend an.

»War nicht so wichtig«, erwidere ich, weil das ja Zeit hat, jetzt, wo keine Gefahr mehr besteht, dass wir gleich mit dem Wagen gegen eine Wand rasen.

Außerdem haben wir jetzt was anderes zu tun. Etwas, das wirklich wichtig ist.

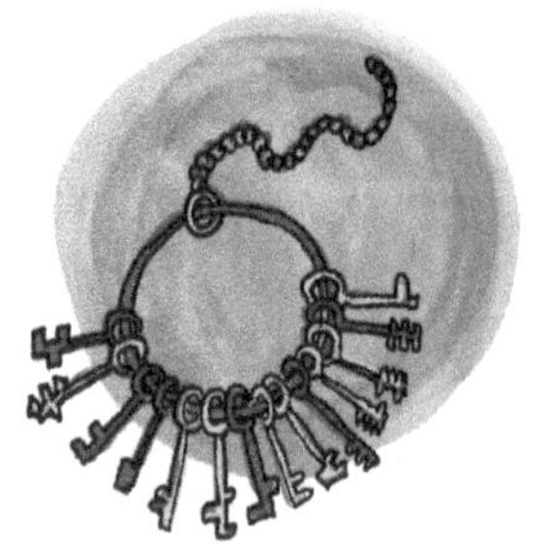

16. Hände hoch oder wir stinken!

»Wow!«, sage ich.

»Wow!«, sagt Anna.

»Wow!«, sagt Leon.

Und »Wow!« sagen auch Dieter und Jasper, weil der Anblick all dieser Tiere hinter Glas einfach so überwältigend ist, dass »Wow!« das Einzige ist, was uns einfällt.

»Warum glotzt ihr denn alle die leeren Aquarien an?«, fragt Kati, die die Tiere da drinnen ja nicht sehen kann. Nicht so wie wir anderen, die wir mit offenen Mündern die Glaskästen anstarren.

»Blas mal in die Pfeife«, sage ich.

»Muss das sein?«, entgegnet Kati. »Dann wird mir bestimmt wieder schlecht, und mir ist sowieso noch übel von der Fahrt eben.«

»Mir auch«, bestätigt Leon, und nur Anna macht ein verständnisloses Gesicht, als könnte sie gar nicht verstehen,

warum wir die Abfahrt nicht genauso toll fanden wie sie, Paula, Dieter und Jasper.

»Tu es einfach, es lohnt sich«, sage ich zu Kati.

Kati zögert einen Moment, dann holt sie die hellblaue Pfeife aus ihrer Tasche und steckt sie sich zwischen ihre Lippen.

»Wow!«, sagt Kati, als sie die Pfeife wieder aus dem Mund nimmt. »Aber was machen wir jetzt mit denen?«

»Na, was wohl?! Wir holen sie da raus und verschwinden so schnell wie möglich von hier«, erklärt Leon.

»Genau, bevor der Entführer zurückkehrt«, sage ich. »Dem würde ich hier unten nur ungern begegnen.«

»Dann los.« Anna läuft mit Paula zu dem Glaskasten, in dem die drei Gorillas sitzen.

»Aber das Zebra können wir doch ruhig hier lassen, oder?«, schlägt Dieter vor.

»Vergiss es! Wegen Mathilde sind wir doch da«, erwidere ich und humpele zu ihr.

»Und was ist mit Jessicas eingebildetem Einhorn? Das können wir doch aber schon hier unten vergessen?«, fragt Jasper. »Können wir doch, oder?«

»Kommt gar nicht infrage!«, entgegnet Leon, und Anna tippt sich an die Stirn, um zu zeigen, was sie von Jaspers Vorschlag hält.

»Wir holen dich gleich hier raus und bringen dich zurück zu Nora«, rufe ich Mathilde zu. Das Zebra versucht mir etwas zu sagen. Aber ich kann nicht verstehen was, weil die Scheibe so dick ist.

»In der Glasscheibe ist so eine Art Schloss.« Leon untersucht den Kasten, in dem Jessicas Einhorn aufgeregt hin und her läuft. »Wir haben aber keinen Schlüssel dafür.«

»Brauchen wir nicht«, erklärt Dieter. »Alle mal Platz machen.«

Mein Stinktier nimmt Anlauf und rast auf die Scheibe zu. Mit einem dumpfen Ton knallt er dagegen und bleibt benommen auf dem Boden liegen. Mathilde ist vor Schreck einen Satz zurückgesprungen, das Glas aber hat von Dieters Attacke nicht mal einen Riss abbekommen.

»Lass da mal einen Profi ran«, sagt Jasper und wirft sich ebenfalls mit aller Kraft gegen die Scheibe.

Doch das zeigt auch nicht viel Wirkung. Mal abgesehen von der riesigen Beule, die sich auf Jaspers Stirn bildet. Anna und ihr Faultier, die von uns allen die Stärksten sind, versuchen es dann auch noch mal. Aber selbst ihnen gelingt es nicht, einen der Glaskästen zu knacken.

»Und nun?«, fragt Kati.

»Wir brauchen den Schlüssel«, antworte ich. »Sonst kriegen wir die Tiere da nie raus.«

»Stimmt, ihr kriegt die da nie raus«, ertönt plötzlich eine Stimme hinter uns.

Erschrocken drehe ich mich um. Am Ende der Halle steht eine Frau in einem schwarzen Anzug. An ihrem Gürtel hängt ein großer Schlüsselbund und auf ihrem Rücken trägt sie ein Samurai-Schwert. Sie lächelt uns an. Aber es ist kein nettes Lächeln, sondern so eines wie bei Frau Gemetzel, meiner Mathelehrerin, wenn man in ihrem Unterricht nicht auf die richtige Antwort kommt.

»Der Schatten!«, rufe ich erschrocken aus. Allerdings ist es gar kein Schatten, sondern eine Schättin, weil es doch eine Frau ist und kein Mann, wie ich die ganze Zeit gedacht hatte.

»Ich würde es vorziehen, wenn du mich nicht der Schatten, sondern einfach nur die Chefin nennst«, sagt die Frau und lächelt dabei wieder fies.

»Wovon?«, fragt Anna.

»Wie bitte?«, fragt die Frau irritiert zurück.

»Sie meint, wovon Sie die Chefin sind«, erklärt Leon.

»Na, von all denen hier natürlich! Was glaubst du denn? Etwa von dieser heruntergekommenen Freizeitparkruine, die ich von meinem unfähigen Vater geerbt habe?«, brüllt die Frau. Für einen Moment verliert sie die Fassung, dann aber hat sie sich sofort wieder im Griff und flötet zucker-

süß: »Wie überaus liebenswert übrigens von euch, mir eure Tierchen gleich persönlich vorbeizubringen. Das spart mir die Mühe, sie einzeln bei euch abholen zu müssen.« Sie zeigt auf Dieter, Paula und Jasper, dann wendet sie sich an Kati: »Und wo ist dein Begleiter? Nein, sag es nicht. Lass mich raten: Es ist ein Floh! Stimmt's? Der ist so winzig, deswegen kann ich ihn nicht sehen.«

»Sie hat keinen«, antworte ich für Kati. »Sie haben ja auch keinen!«

»Bist du wohl still, du freches kleines Biest«, brüllt die Chefin wütend. »Nur weil ich keinen habe, bedeutet das nicht, dass ich keinen hatte!«

»Was war es denn?«, fragt Leon höflich. »Und wo ist es jetzt?«

»Ich hatte eine hübsche Hyäne mit triefenden Augen«, schwärmt die Frau. »Aber Horst hat mich verlassen, dieser undankbare Schuft.«

»Wundert mich gar nicht«, bemerkt Anna.

Da fällt mir wieder ein, dass Oma gesagt hatte, dass sich Tiere von ihrem Menschen trennen können, wenn sie nicht zusammenpassen. Jetzt wird mir auch klar, warum die Frau die magischen Tiere sehen kann, auch wenn sie selber keines hat.

»Und deswegen entführen Sie jetzt die Tiere der anderen?«, fragt Kati.

»Bingo!«, erwidert die Chefin und lächelt dabei wieder fies. »Wenn ich keinen Begleiter mehr habe, soll auch kein anderer einen besitzen. Deswegen habe ich mir hier unten diesen hübschen kleinen Zoo eingerichtet.«

Dieter und Jasper haben sich hinter Leon und mir verkrochen, und selbst Paula hat ihren Standort an Annas Arm verlassen und ist auf ihren Rücken geklettert.

»Das hat mich eine Menge Zeit und Geld gekostet, aber

was tut man nicht alles für sein Hobby. Ist das hier nicht höchst beeindruckend?« Die Chefin schaut uns erwartungsvoll an.

»Geht so«, erwidert Anna und erntet dafür einen wütenden Blick der Chefin. Doch bevor sie antworten kann, ertönt das Fauchen des Dinosauriers irgendwo weit über uns.

»Ist das auch ein unsichtbarer Begleiter?«, fragt Leon.

»Nein, das ist bloß ein Lautsprecher. Das Brüllen soll Neugierige fernhalten. Das hat bei euch nicht geklappt, aber euch hatte ich ja auch eingeladen.« Die Chefin greift nach hinten und zieht das Samurai-Schwert aus dem Etui auf ihrem Rücken.

»Dann waren Sie es, die bei mir zu Hause angerufen hat?«, rufe ich überrascht aus.

»Kluges Kind«, lobt die Frau. »Ich dachte, das spart uns allen Zeit und Mühe. Es tut auch gar nicht weh, nur ein kleiner Schnitt und ihr seid eure doofen Tiere für immer los. Dafür müsstet ihr mir eigentlich sogar dankbar sein. Denn mal ehrlich, wer will schon ein Stinktier, eine Ratte oder ein Faultier als Begleiter haben?«

Mit dem Schwert in beiden Händen geht die Chefin jetzt auf uns zu. Dieter und Jasper hocken immer noch hinter Leon und mir. Die beiden machen sich so klein wie möglich. Als Leon einen Schritt zurückweicht, stolpert er dabei fast über seine Ratte. Kati hat ihre Augen vor Angst weit aufgerissen, und selbst Anna sieht aus, als wenn sie sich jetzt doch ein bisschen fürchten würde.

Und ich? Ich habe natürlich auch Schiss! Einen Riesenschiss habe ich, als die Chefin mit ihrem scharfen Schwert immer näher kommt.

Trotzdem kann ich immer noch klar genug denken, um so laut wie ich nur kann »Masken auf!« zu brüllen und mir schnell die Atemschutzmaske aufzusetzen.

Auch Leon reißt sich die Maske von seinem Gürtel und zieht sie sich über den Kopf. Kati und Anna machen es genauso. Dann versorgen Anna und Leon das Faultier und die Ratte, was bei Jasper nicht so richtig klappt, weil ihm die Maske natürlich viel zu groß ist. Das ist bei Dieter auch nicht anders. Trotzdem drücke ich ihm die letzte freie Maske auf die Schnauze. Sonst würde er bestimmt gleich wieder meckern, wie schrecklich ungerecht es ist, dass er keine kriegt.

»Hände hoch oder wir stinken!« Ich habe Dieter auf dem Arm und halte ihn mit dem Po nach vorne zu der Frau, als wäre er ein Maschinengewehr und sein Hintern die Mündung.

Aber die Chefin denkt gar nicht daran, stehen zu bleiben. Sie lacht nur und kommt auf uns zu. Das sehe ich wie durch einen dichten Nebel, weil die Gläser der Maske beschlagen sind. Als sie nur noch fünf Meter von uns entfernt ist, brülle ich: »Feuer frei!«

»Wie heißt das Zauberwort?«, quietscht Dieter unter seiner Maske.

»Bitte!«, rufe ich, und für einen kurzen Moment denke ich, dass es vielleicht doch nicht so schlecht wäre, wenn ich die Chefin einfach machen lassen würde. Ein kleiner Schnitt und ich wäre die schwarz-weiße Nervensäge auf meinem Arm für immer los.

Aber da höre ich auch schon das Zischen, das ich mittlerweile so gut kenne. Wie eine Kriegerin gehe ich mit meinem Stinktier im Arm der Chefin entgegen, während Dieter dabei eine Stinkbombe nach der anderen abfeuert.

Die Chefin lässt ihr Schwert fallen, weil sie ihre Hände braucht, um sich die Nase zuzuhalten. Aber das hilft ihr nicht viel. Der Gestank ist einfach zu schrecklich. Kurz darauf geht sie in die Knie und kippt bewusstlos nach vorne.

»Sieg! Sieg! Wir haben gewonnen«, brüllt Dieter auf meinem Arm. »Sieg! Sieg! Ich habe gewonnen!«

Anna und Kati laufen zu der Chefin, die immer noch besinnungslos auf dem Boden liegt, und nehmen ihr den Schlüsselbund ab.

»Lebt sie noch?«, fragt Leon besorgt.

»Ich hoffe nicht«, quiekt Jasper, der schrecklich husten muss, weil ihn die viel zu große Maske nicht vor dem Gestank schützt.

Kati fasst nach der Hand der Chefin, um ihren Puls zu fühlen. »Mit der ist alles in Ordnung, aber wir sollten uns beeilen und die Tiere befreien, bevor sie wieder zu sich kommt.«

Anna verteilt die Schlüssel unter uns und wir machen uns auf die Suche nach den richtigen Schlössern dazu. Das dauert ein bisschen, weil wir die Schlüssellöcher durch die beschlagenen Scheiben unserer Masken kaum erkennen können. Aber dann haben wir es endlich geschafft und alle Glaskästen geöffnet. Die drei Gorillas pressen sich ihre Hände auf die Nase und das sieht ziemlich lustig aus. Schade, dass Kati das nicht sehen kann, weil sie die Pfeife wegen der Maske ja nicht benutzen kann.

»Raus hier!«, ruft Anna, und das ist eine gute Idee, weil die Chefin jeden Moment wieder aufwachen kann.

Wir rennen los und treiben die Tiere vor uns her in den Tunnel, durch den wir gekommen sind. Ich bin erst ein paar Meter gelaufen, da spüre ich wieder meinen verstauchten Knöchel.

»Warum kriechst du wie eine Schnecke?«, fragt Dieter auf meinem Arm. »Los, mach schon, beeil dich!«

»Mein Fuß tut weh! Ich kann nicht schneller«, erwidere ich.

Jessicas rosa Einhorn stoppt neben mir. Es sagt kein Wort, weil es wahrscheinlich unter seiner Würde ist, mit mir zu reden, gibt mir aber zu verstehen, dass ich auf seinen Rücken steigen soll.

»Keine zehn Pferde kriegen mich auf dieses Zuckerwattepony drauf«, brummt Dieter.

»Dich vielleicht nicht, aber mich«, sage ich und schwinge mich mit Dieter auf den Rücken des Einhorns.

Leon und Anna haben auch eine Mitreitgelegenheit gefunden. Anna sitzt mit Paula auf Mathilde und Leon mit Japser auf dem Rücken des großen weißen Wolfs von Herrn Schwarm. Sogar Kati muss nicht laufen. Einer der Gorillas hat sie sich geschnappt und trägt sie auf seiner Schulter, und das muss sich für sie ziemlich komisch anfühlen, weil sie den Gorilla ja gar nicht sehen kann.

Obwohl es jetzt bergauf geht, sind wir fast so schnell wie bei unserer abenteuerlichen Abfahrt mit dem Wagen. Als wir den Ausgang erreicht haben, reißen wir uns die Masken vom Kopf, weil wir die hier draußen nicht mehr brauchen und es darunter furchtbar heiß geworden ist. Im selben Augenblick ertönt ein wütendes Brüllen. Doch diesmal ist es nicht der Dinosaurierlautsprecher, sondern die Chefin, die im Keller der Geisterbahn wieder zu sich gekommen ist und uns laut hinterherschreit: »Das werdet ihr noch bereuen! Ich werde mich rächen, ganz schrecklich rächen werde ich mich an euch und euren verlausten Tieren!«

Dann ist nur noch ein Husten zu hören, weil es da unten wahrscheinlich immer noch stinkt wie ein Katzenklo, das man vier Wochen nicht gereinigt hat.

»Mist!«, rufe ich. »Wir hätten das Schwert mitnehmen sollen. Jetzt kann sie ja jederzeit wieder zuschlagen.«

»Stimmt, das haben wir da unten liegen lassen«, sagt Kati.

»Wie überaus dumm von uns«, ärgert sich auch Leon.

»Wenn man sich nicht um alles selber kümmert«, schimpft Dieter, und Jasper ergänzt: »Man kann sich auf seine Menschen eben einfach nicht verlassen.«

Anna sagt nichts, sondern hält grinsend das Schwert hoch, das sie hinter ihrem Rücken versteckt gehalten hat. Dann geht sie mit Paula zu dem Leichenwagen und sticht mit der Spitze in die vier Reifen, aus denen zischend die Luft entweicht.

»Super, jetzt kann sie uns nicht so leicht folgen«, sage ich, aber Anna und Paula sind noch nicht fertig.

Sie reicht das Schwert an die drei Gorillas weiter. Unter lautem Jubel machen die drei einen vierfachen Knoten in die Klinge des Schwerts. Als sie fertig sind, wirft Anna die völlig verbogene Waffe in einen Teich, der neben der Geisterbahn liegt und auf dem man früher Tretbootfahren konnte.

»Sehr gut!«, rufe ich Anna und Paula zu.

»Stimmt«, sagt Leon. »Aber du warst auch nicht schlecht. Das habt ihr toll gemacht, du und dein Stinktier.«

Alle Tiere, die wir aus ihren Glaskäfigen befreit haben, applaudieren uns. Da werde ich wieder ganz rot und Dieter noch viel mehr.

17. Eine faire Revanche

Den Rest des Tages verbringen wir damit, die geliehenen Atemschutzmasken unbemerkt in die Feuerwehrwache zurückzubringen und die Tiere alle wieder zu Hause abzuliefern. Die meisten brauchen uns dazu gar nicht, die finden den Weg auch alleine. Als wir fertig sind, wird es schon dunkel. Kati und Anna haben sich längst verabschiedet, jetzt sind nur noch Leon und Jasper bei uns. Und natürlich Mathilde. Ich freue mich schon wahnsinnig auf den Moment, wenn sich Nora und ihr Zebra wiedersehen.

Leon und ich fahren auf unseren Rädern, Mathilde trabt neben uns her und Dieter und Jasper hocken zusammen in meinem Fahrradkorb.

»Meinst du, wir werden noch mal was von der Chefin hören?«, frage ich Leon.

»Ich befürchte es«, erwidert Leon. »Sie hat ja schon angekündigt, dass sie sich rächen wird.«

»Das soll sie nur wagen«, brüllt Dieter vorne im Korb, und Jasper ergänzt: »Aus der machen wir Sushi!«

»Die hat ja sowieso nicht alle Tassen im Schrank!«, sagt Dieter.

»Und nicht alle Latten am Zaun«, sagt Jasper.

»Aber dafür eine Schraube locker«, sagt Dieter.

»Und eine ganze Meisenfamilie unterm Pony.«

»Und einen Sprung in der Schüssel.«

»Und einen an der Waffel.«

»Das sind oft die gefährlichsten«, unterbricht Leon die zwei. »Trotzdem tut sie mir leid. Besonders glücklich sah sie ja nicht gerade aus, und dass es ihr wehgetan hat, dass ihre Hyäne sie verlassen hat, kann ich sogar verstehen.«

»Und ich kann die Hyäne verstehen«, quiekt Jasper dazwischen, und Dieter sagt: »Mit der hätte ich es keine Sekunde ausgehalten.«

»Nicht mal eine Millisekunde«, ruft Jasper, und Dieter muss natürlich noch mal einen draufsetzen und brummt: »Eine Nanosekunde wäre schon zu viel gewesen.«

»Ich verstehe schon, was du meinst. Ein bisschen tut sie mir ja auch leid, dennoch bin ich froh, dass sie das Schwert nicht benutzen kann«, sage ich. »Wo sie das wohl herhatte?«

»Wenn wir sie das nächste Mal treffen, kannst du sie gerne fragen«, sagt Leon und grinst.

»Darauf kann ich verzichten, und so wichtig ist mir die Antwort dann auch wieder nicht«, erwidere ich.

»Aber ich habe noch eine Frage«, sagt Leon.

»Welche denn?«, frage ich zurück.

»Du wolltest mir doch was sagen. Als wir in dem Wagen durch die Geisterbahn gerast sind«, sagt Leon.

»Ach, das war nichts ... gar nichts ... vergiss es einfach«, erwidere ich stotternd.

»Wir sind da«, verkündet Mathilde, und tatsächlich stehen wir direkt vor unserem Haus. Das hatte ich vor lauter Verlegenheit gar nicht bemerkt.

»Ich muss rein. Meine Eltern warten bestimmt schon auf mich. Und Nora sowieso.« Ich nehme Jasper aus dem Korb und reiche ihn an Leon weiter. Dann schnappe ich mir Dieter, stelle mein Fahrrad ab und humpele mit Mathilde zur Tür. Auf halber Strecke drehe ich mich noch einmal um und gehe zurück zu Leon. Ich hauche ihm einen Kuss auf die Wange, doch bevor er etwas sagen kann, bin ich schon wieder auf dem Weg zur Tür.

»Liebespaar«, höre ich Jasper hinter mir brüllen, dann lacht er, bis Leon »Klappe!« zischt.

Dieter sagt nichts. Der formt seine Lippen zu einem Kussmund und schmatzt ein paar Mal in die Luft, bevor er sich vor Lachen in meinem Arm hin und her wirft. Für eine

Sekunde bereue ich es, dass die Gorillas das Schwert kaputt gemacht hat. Wenn ich es jetzt in der Hand hätte, würde ich es ohne zu zögern benutzen.

Als ich mit Dieter und Mathilde in den Flur komme, sitzen meine Eltern im Wohnzimmer. Ich strecke kurz meine Nase durch die Tür und sehe, dass meine Mutter wieder geweint hat. Und das kann nur bedeuten, dass es Nora immer noch nicht besser geht. Aber das wird sich gleich ändern. Mein Vater und sein Eisbär starren mich an. Das heißt, eigentlich starren sie Mathilde an, die neben mir steht. Mathilde hebt den rechten Vorderhuf, um sie zu grüßen.

Dann stürmt sie im Galopp die Treppe hoch und ich stürme so schnell ich kann hinterher. Auch wenn mein Knöchel höllisch wehtut, will ich unbedingt vor ihr in Noras Zimmer sein.

»Hier ist Besuch für dich«, rufe ich, aber da drängt sich Mathilde schon an mir vorbei und wirft sich zu Nora aufs Bett, dass es nur so kracht. Nora lacht und heult gleichzei-

tig, und ich schließe schnell die Tür, um die beiden nicht zu stören.

Kurz darauf kommt Papa mit Lasse zu mir. Aus Noras Zimmer ist immer noch lautes Lachen zu hören, und ich bin nicht sicher, ob das von meiner Schwester oder Mathilde stammt. Wahrscheinlich von beiden.

»Wie hast du das geschafft, Zora?«, will Papa wissen.

»Wieso Zora?!«, ruft Dieter empört. »Ich habe das geschafft!«

»Ohne ihn wäre es wirklich nicht gegangen, aber das ist eine lange Geschichte«, antworte ich. »Wie geht es Mama?«

»Sie freut sich wahnsinnig, dass Nora wieder gesund ist. Sie glaubt, das liegt an der Hühnerbrühe, die sie ihr heute Mittag gekocht hat«, sagt Papa.

»Du hast ihr also immer noch nichts gesagt?!«, frage ich.

Papa schweigt, und das kann ja wohl nur bedeuten, dass er sich tatsächlich immer noch nicht getraut hat, Mama von Lasse, Mathilde und Dieter zu erzählen.

»Feigling!«, knurrt Dieter.

»Da sagt das Stinktier ausnahmsweise mal die Wahrheit«, brummt Lasse.

»Irgendwann musst du es ihr erzählen«, sage ich.

»Und das werde ich auch«, erwidert Papa und gibt mir

einen Kuss. »Aber heute feiern deine Mutter und ich erst mal, dass es Nora wieder gut geht. Das hast du … das habt ihr beiden wirklich ganz großartig gemacht.«

Lasse brummt zustimmend und Papa streicht Dieter über den Kopf. Dann steht er auf und geht mit seinem Eisbären nach unten.

»Das war ein richtig cooler Tag heute.« Dieter hat sich auf meinen Bauch gelegt, sodass sein Fell unter meiner Nase kitzelt. Aber nicht unangenehm, sondern richtig schön. Und das, obwohl Dieter immer noch ein bisschen streng riecht, weil ich noch keine Zeit hatte, ihn nach seiner Stinkbombenattacke zu duschen. Aber dafür ist er schön warm und weich und wie Oma mal gesagt hat: »Man gewöhnt sich an alles.« Sogar an den Geruch eines Stinktiers.

»Du hast dich übrigens auch nicht getraut, Frolleinchen«, schnurrt Dieter, während ich ihm sein flauschiges Fell kraule.

»Was habe ich mich nicht getraut?«, frage ich.

»Na, Leon zu sagen, dass du ihn magst.« Dieter formt wieder seinen blöden Kussmund.

»Er ist nur ein guter Freund. Und jetzt Themenwechsel«, erwidere ich knapp, weil ich keine Lust habe, darüber zu reden.

»Von mir aus«, sagt Dieter und grinst. »Das war doch

wohl super, wie ich die Chefin in Grund und Boden gestänkert habe! Bum-Bum-Bum-Bum-Bum ging das.«

Den ganzen Abend erzählt Dieter von seinen Heldentaten in der Geisterbahn. Irgendwann schlafe ich ein, aber das macht nichts. Ich kenne die Geschichte ja schon.

Zwei Tage später ist das Rückspiel gegen die Drillinge und ihre drei Gorillas. Die Tribüne in der Halle ist voll, weil so viele Leute gekommen sind: Leon mit Jasper, Anna mit Paula, Nora mit Mathilde und ihrem Louis, Papa mit Mama und Lasse, mein Lehrer, Herr Schwarm mit seinem Wolf, und sogar Jessica mit ihrem Einhorn. Seit der Sache in der Geisterbahn sind die beiden viel freundlicher und nicht mehr ganz so hochnäsig wie früher. Für alle, die die Tiere sehen können, sieht die Tribüne aus wie ein Zoo. Aber auch ohne die Tiere sind die Plätze fast alle besetzt. Die Mutter der Drillinge und ihr Pinguin sind auch wieder da. Doch diesmal streiten sie sich nicht mit Papa und Lasse, sondern plaudern nett mit ihnen. Bestimmt haben die Gorillas den beiden erzählt, wem sie ihre Befreiung zu verdanken haben.

Es ist eine tolle Stimmung in der Halle, und umso blöder ist es, dass ich wegen meines verstauchten Knöchels nicht mitspielen kann. Nachdem ich die Treppe zu Nora raufgestürmt bin, tut er sogar noch mehr weh als vorher. Das Einzige, was ich zur Unterstützung meiner Mannschaft beitragen kann, war unser neuer Spruch vor dem Anpfiff.

Wir stellen uns in einem Kreis auf, legen die Arme über die Schultern unserer Mannschaftskameradinnen und rufen statt »Zicke Zacke Hühnerkacke« jetzt »Balla Balla, wir sind Knaller«. Ehrlich gesagt war das gar nicht meine Idee, sondern Dieters. Ich finde den Spruch auch gar nicht so toll, aber die anderen mochten ihn, und deswegen brüllen wir jetzt alle so laut wir nur können gleich noch einmal: »Balla Balla, wir sind Knaller.«

Dann pfeifen der Schiedsrichter und sein Rabe das Spiel an, und ich muss auf die Ersatzbank und von dort aus zuschauen. Das ist echt unfair, weil wir diesmal tatsächlich eine Chance haben, die Partie zu gewinnen. Die Gorillas halten sich nämlich raus und laufen nur am Spielfeldrand mit, damit die drei Schwestern sich frei bewegen können.

Das Spiel geht hin und her, mal liegen wir knapp vorne, mal die anderen. Ich und Dieter schreien uns die Lunge aus dem Hals, um unser Team anzufeuern. Doch das hört man kaum, weil die ganze Halle tobt. Aber nicht so böse wie beim Hinspiel, sondern voller Begeisterung, weil es so ein spannendes Spiel ist. Kati macht die meisten Punkte für unser Team, bei unseren Gegnerinnen sind es die Drillinge, die am besten punkten.

Nach dem zweiten Viertel steht es unentschieden und auch danach ist die Partie absolut ausgeglichen.

»Soll ich nicht doch mal? Nur so ein bisschen unter unserem Korb?«, schlägt Dieter mir vor. Ich kann ihn kaum verstehen, weil in der Halle so ein Höllenlärm herrscht.

»Untersteh dich!«, brülle ich zurück. »Wir wollen fair gewinnen.«

»Oder fair verlieren«, sagt Dieter. »Aber beschwer dich nachher nicht, dass ich euch nicht geholfen habe.«

Weil das Spiel so kraftraubend ist, machen nacheinander alle meine Mitspielerinnen schlapp und müssen ausgewechselt werden. Kurz vor Schluss liegen wir mit zwei Punkten hinten, und ich bin die Einzige, die als Einwechselspielerin noch zur Verfügung steht.

Kati läuft sich frei und stolpert dabei über ihre eigenen Füße, weil sie nach dem harten Spiel fix und fertig ist. Die drei Schwestern kommen sofort, um ihr beim Aufstehen zu helfen. Doch das geht nicht, weil Kati sich das Bein verdreht hat. Sie winkt Richtung Bank und gibt uns zu verstehen, dass sie ausgewechselt werden muss.

Alle schauen mich an. Da stehe ich auf und humpele aufs Spielfeld, während Kati vom Platz getragen wird. Als wir uns begegnen, verzieht sie ihr Gesicht vor Schmerzen, hält mir aber trotzdem die Hand hin, damit ich einschlagen kann.

»Ihr schafft das!«, flüstert sie mir zu, und mir ist nicht ganz klar, ob sie damit mich und meine Mitspielerinnen oder mich und Dieter meint.

»Kein Problem! Balla Balla, wir sind Knaller!«, antwortet Dieter.

Er läuft neben mir her und verbeugt sich immer wieder vor der Tribüne, als würde der Applaus nur ihm gelten. Dabei klatschen die Leute für Kati, weil sie das ganze Spiel über so großartig gekämpft hat.

Durch ihre Verletzung ist noch mehr Zeit verstrichen und wir liegen immer noch zwei Punkte zurück. Es sind jetzt nur noch ein paar Sekunden zu spielen, als der Ball plötzlich bei mir landet. Ich stehe in Höhe der Mittellinie und habe zwei Möglichkeiten. Ich laufe nach vorne und versuche, den Ball mit einem Korbleger zu versenken, das wären dann zwei Punkte und das Spiel ginge unentschieden aus. Oder ich werfe direkt, kriege für den Fernwurf drei Punkte und wir gewinnen.

Den Ball zu einer Mitspielerin passen kann ich nicht, weil die alle von unseren Gegnerinnen gedeckt werden. Laufen geht aber auch nicht, weil mein Knöchel so wehtut.

»Wirf den Ball endlich in den Korb! Sonst ist es zu spät!« Dieter zeigt auf die Uhr, auf der die Sekunden verrinnen.

»Aber das ist viel zu weit«, entgegne ich. »Das treffe ich nie.«

»Klar triffst du!«

»Und wenn nicht?«

Ich stehe da wie versteinert und bin unfähig, mich zu rühren. Noch fünf Sekunden.

Noch vier.

Noch drei.

»Jetzt wirf schon!«, brüllt Dieter und beißt mir in den Hintern.

Vor Schreck schmeiße ich den Ball einfach nach vorne Richtung Korb. Auf dem Spielfeld und der Tribüne ist es mit einem Mal ganz still geworden. Alle starren dem Ball hinterher, der im hohen Bogen durch die Luft segelt und auf dem Korbrand landet. Von dort springt er in die Höhe, berührt das Brett und fällt von da zurück in den Korb.

Sofort bricht in der Halle tosender Jubel aus. Nicht nur bei unseren Fans, sondern auch bei den Anhängern unserer Gegner, weil einem so ein Wurf höchstens einmal im Leben gelingt. Dann ist das Spiel auch schon zu Ende und wir haben mit einem Punkt Vorsprung gewonnen.

»Und wem habt ihr das zu verdanken, Frolleinchen?«, will Dieter von mir wissen.

»Dir natürlich! Wem sonst?!«, erwidere ich großzügig.

»Meine Rede, ich bin einfach das beste und klügste …«

Was er sonst noch sagt, verstehe ich nicht, weil das Spielfeld von unseren Fans gestürmt wird. Leon, Anna, Herr Schwarm, Nora und Louis, meine Mama und mein Papa, sogar Jessica und ihr Einhorn und alle anderen Tiere sind da, weil sie mir und meiner Mannschaft gratulieren wollen. Auch die drei Schwestern und ihre Gorillas kommen, um uns fair zu unserem Sieg zu beglückwünschen.

Irgendwann werde ich hochgehoben und drei Mal in die Höhe geworfen. Und Dieter auch. Er hockt auf meinem Arm und ich drücke mein Gesicht in sein weiches Fell. Für einen Moment vergesse ich sogar den Racheschwur der Chefin und die Schmerzen in meinem Knöchel. Für einen Moment bin ich einfach nur unfassbar glücklich und freue mich schon riesig auf Katis Geburtstag. Der ist nämlich schon ganz bald. Dann wird sie zehn und vielleicht kriegt sie dann ja auch noch ein Tier. Das wäre toll, richtig, richtig toll wäre das.

© Random House/Isabelle Grubert

Rüdiger Bertram wurde 1967 in Ratingen geboren und arbeitete nach seinem Studium zunächst als freier Journalist. Heute schreibt er Drehbücher und hat zahlreiche erfolgreiche Bücher für Kinder veröffentlicht. Mit seiner Frau, seinen beiden Kindern und einem unsichtbaren weißen Kaninchen lebt er in Köln.

© privat

Thorsten Saleina war als Grafiker und Illustrator für verschiedene Werbe- und Designagenturen tätig, bevor er sich endgültig für die Illustration entschied. An seinem zehnten Geburtstag hätte er sich über eine Norwegische Waldkatze als Begleitung gefreut, wäre mit einem Stinktier aber auch nicht unglücklich geworden.

Rüdiger Bertram

Stinktier & Co – Gegen uns könnt ihr nicht anstinken

ca. 160 Seiten, ISBN 978-3-570-17338-1

An ihrem zehnten Geburtstag schlägt Zora die Augen auf und da sitzt es: Dieter, das Stinktier. Ihr Totemtier, das sie von nun an überallhin begleiten wird. Zora ist entsetzt, denn Dieter ist vorlaut, verfressen und eingebildet. Außerdem haben andere in ihrer Klasse richtig coole Tiere. Bis auf zwei. Leon und Anna, die mit Ratte Jasper und Faultier Paula zu den Außenseitern zählen. Höchste Zeit, das zu ändern, beschließt Dieter, der zwar frech, aber auch ziemlich verschmust und zudem äußerst einfallsreich sein kann, wenn es darum geht, Zora zu beschützen. Und so gründen die Freunde den »Club der doofen Tiere« und das bedeutet tierischen Spaß, bis es den anderen gewaltig stinkt.

10352

www.cbj-verlag.de

Sven Gerhardt

Mister Marple und die Schnüfflerbande

Wo steckt Dackel Bruno?
Band 1, 160 Seiten,
ISBN 978-3-570-17643-6

Die Erdmännchen sind los
Band 2, 160 Seiten,
978-3-570-17737-2

Auf frischer Tat ertapst
Band 3, 160 Seiten
978-3-570-17785-3

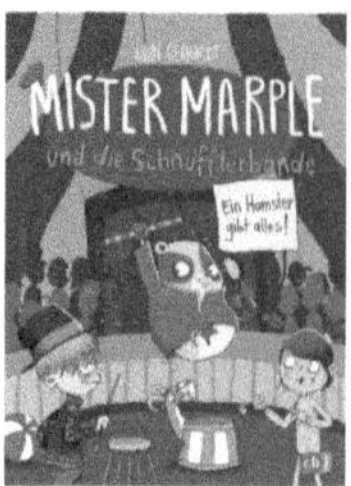

Ein Hamster gibt alles!
Band 4, 160 Seiten
978-3-570-17818-8

Die Schnüfflerbande, das sind Theo, Elsa und Hamster Mister Marple. Ihre Spezialität sind »tierische Angelegenheiten« aller Art, was nicht zuletzt Mister Marple zu verdanken ist, der für diese Fälle ein besonders feines Spürnäschen hat. Auch wenn Theo und Elsa total unterschiedlich sind, halten sie immer fest zusammen und können so fast jeden Fall lösen.

10416_4

cbj

www.cbj-verlag.de